박광민 제2창작시집

# 白頭山紀行 백두산기행

박광민 제2창작시집

# 白頭山紀行

백두산기행

역락

# ▎서문

丁茶山정다산 선생은 맏아들 學淵학연에게 글을 보내 杜詩두시와 『詩經시경』 공부를 권하면서 "임금을 사랑하지 않고, 나라를 걱정하지 않는 글은 시가 아니다. 시대를 슬퍼하지 않고, 어지러운 時俗시속을 분하게 여기지 않는 글도 시가 아니다.(不愛君憂國非詩也 不傷時憤俗非詩也)"라고 하였습니다. 보잘 것 없습니다만 이 시집에 담긴 시와 산문에도 그런 誠心성심을 담고자 하였습니다.

이번 『백두산 기행』에는 2013년 6월 백두산에 올랐을 때 느낀 통일 염원과, 남한산성을 오르내리며 느낀 所懷소회, 無禮무례와 沒廉恥몰염치가 일상화된 現今현금 우리 사회에 대한 걱정을 담았습니다. 첫 시집 『思惟사유의 뜨락에서』에 실렸던 「學徒兵학도병 哀歌애가」도 영문으로 번역해 다시 실었습니다. 生硬생경한 어휘에는 각주를 달았지만 그래도 어려운 부분이 있을지도 모르겠습니다.

이 詩集시집을 통해 맑은 영혼을 지닌 분들과 휴머니티를 共有공유하고 交感교감할 수 있다면 저의 큰 복이겠습니다.

책을 내는 데 몇 분께 큰 恩誼은의를 입었습니다.

「學徒兵학도병 哀歌애가」와 『妙香山묘향산 悲愴비창』의 英

文영문 번역은 저의 벗 金東玹김동현 선생께서 맡아주셨습니다. 題字제자는 韓國書藝金石文化硏究所長 韓相奉 선생께서 써 주셨습니다. 姜熙甲강희갑 작가님께서는 章題장제 [chapter heading]의 사진을 제공해 주셨습니다. 출판을 맡아주신 분은 亦樂역락의 이대현 사장이며, 품위 있게 편집을 해주신 분은 역락의 문선희 편집장과 이경진 대리, 誤脫字오탈자를 바로잡아 준 사람은 국문학도인 저의 女兒여아 朴娟怡박연이입니다. 애써주신 여러분께 진심으로 고마운 마음을 전합니다.

2021. 3. 25. 洛誦齋主人낙송재주인 識지

# ▮ 차례

## ▌일러두기

본문 표기에는 아래와 같은 기준을 적용하였습니다.

1. 漢字한자를 앞에 표기하고 작은 글씨로 한글 음을 달았습니다. 한글과 한자는 모두 한국어이며, 한자 사용을 통해 한국어 문장의 共時的공시적 변별력을 높이고, 과거↔현재↔미래를 잇는 通時的통시적 交感교감도 가능할 것이라는 필자의 인식에서 비롯된 것입니다.
2. 인용된 故事고사나 역사는 脚注각주로 설명하였습니다.
3. 첫 시집 『思惟의 뜨락에서』에 실린 「學徒兵학도병 哀歌애가」는 英文영문으로 번역해 다시 수록하였습니다.
4. 2021년 2월 19일 鮮文大學校선문대학교 문학이후연구소가 주관한 학술 대회에서 발표한 논문 「아 李箱이상, 찢어진 벽지 사이로 날아가 버린 蒼白창백한 나비야」를 마지막 부분에 실었습니다.

# I

## 어느 日常일상

# 어떤 풍경 Ⅰ

1.

전철을 탄다

음악을 크게 틀고 발박자를 맞추는 젊은이들!

소통을 닫아버려 옆 사람 불편엔 관심도 없고

게임 속에서는 잔인하게 일그러진 劍鬪士검투사가 된다

초점 잃은 인터넷 戰士전사의 충혈 된 눈은

사이버 공간과 현실 사이를 몽롱하게 오간다

할머니께서 타신다

80세가 되셨을까? 노약자석은 빈자리가 없어

할머니는 문 옆에 엉거주춤 서 계시다

모두가 외쳐대던 正義정의는 모른 척 잊혀진다

전철 벽 啓導文계도문이 썰렁하다

"노약자에게 자리를 양보합시다"

2.

등에 멘 가방 때문에 전철 통로가 막혀도

젊은이들은 어디서나 게임에만 열중이다

책을 읽어도 취직이 안 되어 게임을 하는 걸까
독서보다 게임 시간이 많아야 취직이 되는 걸까
포퓰리즘 교육과 사회적 모럴 붕괴의 相關性상관성!
철학 없는 젊음들은 원초적 욕구에만 耽溺탐닉한다

아기 엄마가 전철에 오른다
滿員만원 전철은 혼자 서 있기도 힘들다
"씨-×, 졸라 안되네. 이길 때까지 붙어볼꺼야"
젊은이들에게는 生死생사가 걸린 게임이어서
일어선 채로는 게임을 할 수 없나보다
힘겹게 서 있는 엄마와 아기! 안쓰럽다

3.
목발 짚은 젊은이가 전철을 탄다
나이 같은 또래들은 양보할 필요가 없다
그래서 아랑곳하지 않고 게임에만 열중하고
빨간 재킷 아줌마 껌 씹는 소리 요란하다
노약자석은 노인만 앉는 자리다
그래서 거기 앉은 60대도 모른 체한다

앉아 있던 한 젊은이가 전철에서 내린다
껌을 씹던 아줌마가 잽싸게 자리 차지

서 있는 아기 엄마에겐 기회조차 없다
게임 속 나쁜 놈을 쳐부수는 젊은 용사들!
무리지어 올라온 울긋불긋 여인네들 수다!
전철 안은 利己이기와 無禮무례로 숨이 막힌다


4.
노인들만 앉아야 하는 '노약자석'
젊은이 한 사람이 배짱 좋게 앉아 있다
건장한 70대가 다른 칸에서 자리를 찾아와서
젊은이에게 호통쳐서 자리를 빼앗는다
젊은이들에게만 강요되는 양보와 배려!
일어선 젊은이는 다리를 절고 있다


한 노인과 여학생 사이 말다툼이 일었다
"너는 에미애비도 없니? 새파랗게 어린것이……"
"당신이 뭔데 그래? 아 씨-×, '졸라' 재수 없어"
밥상머리교육의 放棄방기에서 피어난 평등의 독장미!
恭謙廉正공경염정 雁行避影안항피영[1] 수천 년 가르침은
천박한 욕설 속에 무참히 짓밟힌다

---

1    恭謙廉正공경염정 : 공손, 謙讓겸양, 청렴, 정직 / 雁行避影안항피영 : "스
    승의 그림자조차 밟지 않는다."는 뜻으로 『莊子장자-天道』에 나옴.

5.

TV에 애국자가 넘쳐난다

멀끔한 정치꾼들이 살기 좋은 나라를 외친다

교육부는 국제화 시대 영어 교육만 강조하고

'孝悌忠信효제충신' 교육은 학교에서 사라진지 오래

전철에는 '노약자석'만 만들면 되고

여기저기 '임산부석'만 만들면 된다


방송의 꽃 아나운서는 뒷자리로 밀려나고

노래 한 곡 잘 부르면 방송진행자가 되는 세상!

연예와 오락은 방송의 모든 가치 위에 군림하고

낄낄대는 광대쇼비니즘[clown chauvinism]의 천박한 拜金主

義배금주의!

TV 출연자들의 무절제한 언행을 보며

아이들은 잘못된 公人공인의 모습을 배워간다


6.

방송의 거짓말이 모든 가치를 덮는 세상

TV 화면 속 침 튀기는 자칭타칭 말발 썰꾼

언론이 조작하면 선과 악도 뒤집힌다

正義정의를 버리고 政商輩정상배와 손잡은 제4부 권력

모니퇴르Moniteur[2] 뺨치는 음해와 왜곡의 詐論사론

憂國우국을 내동댕이친 사이비들 역겨운 쇼쇼쇼!


食傷식상스런 드라마와 예능 프로에서는

'남편'을 '오빠'로, '부인'을 '너'라고 부른다

방송국 사람들은 남매간에 혼인을 하고

오랑캐 풍습을 좇아 부인을 '너'라고 하나보다

"正名정명"[3] 확립이 정치의 처음이라는 孔子공자의 가르

침은

陳腐진부한 구시대의 잠꼬대처럼 된 시대!


7.

'느림의 美學미학'은 설 자리가 없는 세상!

철학이나 문학은 취직에 전혀 도움이 되지 않고

육이오나 국치일은 몰라도 되지만 'idol'을 모르면 바보

---

2    나폴레옹의 엘바섬 탈출을 보도한 프랑스 〈Le Moniteur Univer-
     sel〉의 1815년 2월 26일~3월 20일의 변절 보도행태.

3    正名정명 : 자로가 공자에게 "衛위나라 군주가 선생님을 의지하여
     정치를 하고자 하시는데 선생님께서 정치를 하신다면 무엇을 먼
     저 하시겠습니까?"라고 물으니 공자께서 대답하셨다. "반드시 명
     칭부터 바르게 할 것이다.[必也正名乎필야정명호)]" '正名정명'은 사물의
     명칭과 명분을 아울러 지적한 것이다. 사람 사는 사회는 모든 명칭
     과 명분이 바르게 제자리에 있을 때에 나라가 편안해 진다는 뜻이
     다. "군주는 군주답고 신하는 신하다우며, 아비는 아비답고 자식
     은 자식다운 것(君君臣臣父父子子)"과도 통하는 말이다.

밑줄 치며 플라톤과 莊子장자를 읽던 것은 신석기 시대,

金起林김기림과 趙芝薰조지훈을 읽던 감동도 아득한 옛날!

지금은 즉흥적 전파만이 세상을 지배한다


영악해야 살아남는 시대!

배를 곯아도 한 길만 고집하던 藝人예인들은 전설이 되었고

돈나방[4]들은 젊은이들의 성실을 뒤흔드는 왜곡된 아이콘이다

"음악을 살피면 그 나라의 정치를 알 수 있다"[5]는데

---

4   돈나방 : 재능도 없으면서 오로지 돈만 쫓아다니는 얼치기 광대를
    뜻하는 필자의 新造語신조어. 모든 연예인이 돈만 좇는 것은 아니지
    만, 많은 연예인이 노래 몇 곡이나 몇 번의 드라마 출연으로 천문
    학적 돈을 벌면서 잘못된 언행을 하는 것은 직장에서 열심히 일하
    는 젊은이들의 어깨를 처지게 한다.

5   審樂知政심악지정 : 『禮記예기』「樂記악기」. 고대의 제왕이 나라를 창
    업한 후 가장 먼저 하는 일은 악곡을 만들어 백성을 교화하는 일이
    었다. 黃帝황제의 악곡은 雲門운문, 堯요 임금은 咸池함지, 舜순 임금
    은 韶소, 禹우 임금은 大夏대하, 湯탕 임금은 大濩대호, 武王무왕의 악
    곡은 大武대무였다. 우리나라 세종께서 만드신 악곡과 춤은 '與民
    樂여민락'과 '鳳來儀봉래의'다. 음악은 인간의 마음을 편안히 가라앉
    혀 주고 따뜻하게 다독여 주는 것이지만, 지금의 TV 속 음악은 직
    설적이고 음란한 가사와 산만한 괴성으로 사람을 격동시키고 흥분
    시키는 마약과 같을 뿐이다.

TV와 라디오엔 狂亂광란의 춤과 嬌聲교성[6]만 가득하고
정치인의 巧言교언은 미꾸라지처럼 매끄럽다


8.
80대 노인이 전철을 탄다
"노인네가 집에나 있지 왜 나돌아다녀"
젊은애들도 있는데 아줌마가 일어날 일은 없다
머리 희끗한 70대 할머니가 자리를 양보하신다
"어르신, 이리 와서 앉으셔요"
빨간 재킷 아줌마의 껌 씹는 소리 여전하다


젊은이는 몸이 아파도 '노약자석'에 앉으면 큰일나고
노인도 '노약자석' 아닌 곳에 앉으면 안된다
"자식을 가르치지 않는 것은 아비의 잘못이요,
가르치면서 엄하지 않은 것은 스승이 게으른 탓이다"[7]
스승의 엄한 회초리를 빼앗은 대한민국!
'노약자석'만이 代案대안인 '민주평등교육'의 虛像허상이다


---

6   嬌聲교성 : 아양 떠는 간드러진 소리.
7   司馬溫公勸學歌사마온공권학가 : 養子不教양자불교는 父之過부지과요,
    訓導不嚴훈도불엄은 師之惰사지타니라…….

# 어떤 풍경 II


눈도 오지 않는 小雪소설 초저녁
네온사인 화려한 거리 한 귀퉁이
비닐 둘러친 리어카 포장마차에서
아주머니가 국화빵을 팔고 있다

학창 시절을 떠올리며 말을 건넨다
"천원에 몇 개입니까?"
아주머니는 오른쪽 검지를 내보인 후
두 손으로 일곱 손가락을 펴 보인다.

그리곤 자기 어깨 뒤에 붙은
작은 안내 쪽지를 말없이 가리킨다
"풀빵—천원에 일곱 개"
"아, 이런……!"

흥청대는 도시의 불빛 아래서 아주머니는
풀빵을 팔며 가족의 생계를 꾸려 간다
나도 손가락 두개로 내 意思의사를 전달한다

"이천 원어치 주셔요"


풀빵 봉지엔 고단했던 시절의 哀歡애환이 담겼고
꼬깃한 거스름돈엔 짙은 삶의 향기가 배어 있다
달빛 아래 하얀 그리움 밟으며 돌아오는 길
주머니 속 온기는 어머니 손길 처럼 따스하다

2013. 11. 22. 廣州광주 市內시내에서

# 어떤 풍경 III

皎皎교교한 달빛 받으며 市內시내에서 돌아오는 길
눈 덮인 논두렁길과 들판은 한 폭의 그림이다
누구일까 이 추운 날 달빛 속을 걸어간 사람은
나 또한 그림 속 殘影잔영이 되어 발자국을 남긴다

앞서간 발자국에 '갈 之지'자의 외로움이 찍혔듯
뒤따르는 내 발자국에도 그리움 한 조각 남겨질까?
우주의 時空시공을 넘나드는 想念상념과 苦惱고뇌!
내 삶도 발자국도 상념도 모두 찰나의 虛像허상일 뿐

"千古英雄천고영웅은 雪上鴻설상홍이요
百年富貴백년부귀는 雨中紅우중홍이로다"
하늘의 猜忌시기로 아홉 살에 몸이 죽은 소년 才子재자[8]는

---

8   "천고의 영웅은 수도 없이 많지만 눈 녹으면 사라질 기러기 발자
     국이요 / 사람이 백년부귀를 누린다 해도 빗속에 잠시 피었다지
     는 꽃이로다 / 세상만사가 모두 이와 같으니 / 오로지 좋은 문장만
     이 오래남아 다함이 없도다(千古英雄천고영웅은 雪上鴻설상홍이요 / 百年富
     貴백년부귀는 雨中紅우중홍이로다 / 世間萬事세간만사가 皆如此개여차하니 / 惟有文

生而知之생이지지로 나면서부터 天理천리를 알았던 게다


매서운 칼바람과 맞서며 마음을 들여다보면

이룬 것 없이 허우적거린 耳順이순의 白面自畵像백면자화상!

눈 덮인 山河산하는 예나 지금이나 依舊의구하건만

변한 것은 白髮백발의 내 모습일까 허무를 바라보는 내
마음일까


　　　　2014. 12. 23. 廣州광주 市內시내에서 걸어서 돌아오다

---

章유유문장만 久不空구불공이로다)"이 시를 지은 사람은 1760년에 태어나
1768년에 죽은 金景霖김경림이라는 소년 재자다. 『杏堂兔稿행당원고』
에 실려 있다.

# 어느 日常일상 I

"다녀와요." "네!"
아내가 고단한 몸으로 집을 나선다
문 앞에서 아내를 배웅하고 돌아선다
싱크대 앞에 서서 설거지를 한다

커피를 끓인다
책 한 권을 들고 커피를 마신다
그저 그런 오전 일과의 시작이다
책을 덮고 TV를 켠다

NLL 대화록! 여전히 시끄럽다
婚外子혼외자 논란은9 이제 잦아드는건가
전문가는 넘쳐나는데 진짜 전문가는 드물고
채널 홍수 속 볼 것이 별로 없다

---

9   어느 검찰총장의 婚外子혼외자 논란.

겉모습 화려한 'idol(아이돌)'은
젊은이들의 誠實성실을 뒤흔드는 왜곡된 偶像우상!
애도 어른도 낄낄거리지 못해 안달 난 사회!
恭敬廉正공경염정의 自尊자존과 가치가 부정당한
狂亂광란의 광대쇼비니즘[clown chauvinism] 뿐이다

컴퓨터를 켜고 인터넷에 접속한다
온갖 머흐러운[10] 毒舌독설로 무장한 마적떼가
시시덕거리고 남을 짓밟으며 匕首비수를 던질 때
禮廉예염은 갈가리 찢겨 날려 낙엽처럼 짓밟힌다

記事기사마다 左右좌우[11]의 騎士刀기사도[12]가 번뜩이고
허공에는 말[言]의 칼끝이 날아다니며 상대를 찌른다
벌 쏘인 듯 온몸의 刺傷자상으로 신음하는 대한민국!
인터넷은 학살당한 인격의 공동묘지일 뿐이다

다시 책을 펴든다
『菜根譚채근담』구절을 讀誦독송한다

----

10  머흐러운 : '험하다'의 고유어.

11  左右좌우 : 좌파와 우파.

12  騎士刀기사도 : 자기편이면 무조건 옹호하고 상대를 베어버리려는
    소위 자칭 騎士기사들이 휘두르는 칼.

"남의 잘못은 용서하되 내 잘못을 용서해서는 안된다[13]"
내 말이 남을 아프게 찌른 적은 없었던가……

아내는 하루 몇만 원을 벌기 위해
백화점 납품용 키위 껍질을 벗긴다는데
나는 志士然지사연하며 대한민국을 걱정하고 있다
周주나라 寡婦과부[14] 같은 실업자의 日常일상이다

2013. 10. 8. 11:30

---

13  "人之過誤인지과오는 宜恕의서일지나 而在己則이재기즉은 不可恕불가
   서니라"

14  B.C. 520년경 周주나라 景王경왕이 죽자 태자 猛맹이 천자의 자리에
   올랐는데 이가 悼王도왕이다. 그런데 왕자 朝조가 난리를 일으켜 도
   왕을 죽였다. 鄭정나라 군주가 晉진나라에 갈 때 大叔대숙이 수행했
   다. 晉진나라의 집정자 范獻子범헌자는 周주나라를 걱정하여 정나라
   대숙에게 말했다.
   "주나라 왕실이 이렇게 어지러우니 어찌하면 좋습니까?"
   "저는 늙어 제 나라도 돌보고 걱정할 수가 없는데 어찌 감히 왕실
   의 일까지 근심할 수 있겠습니까? 그러나 어떤 사람의 말에 이르
   기를, '과부가 제 베틀 북의 실이 끊어지는 것은 걱정하지 않고 周
   주나라 망할 것을 걱정한다.'고 하더이다. 주나라가 망하게 되면 그
   화가 자기에게까지 미칠 것이라고 여기기 때문입니다.(抑人亦有言曰:
   '嫠不恤其緯, 而憂宗周之隕'. 爲將及焉.-春秋左傳昭公卄四年) 지금 주나라 왕실
   이 저렇게 어지러우니 저희들 작은 나라들도 두렵습니다. 그러나
   이는 왕실을 돕고 있는 晉진과 같이 큰 나라가 근심할 일입니다. 나
   같은 사람이야 어찌 알겠습니까? 그러니 당신께서는 빨리 주나라
   왕실을 안정시키십시오."

# 어느 日常일상 II

1.

햇볕이 따사로운 가을날 오후

가을걷이 끝난 논두렁 산책길

참게가 사라진 수수밭[15]엔 바람만 서걱이고

메뚜기도 참새도 없는 논은 황량하고 적막하다


잠자리 날아다니는 들길

무와 배추는 탐스럽게 자라는데

풀잎은 시나브로 푸르름을 잃어가고

때늦은 여치 한 마리 이슬을 먹나보다


연밥이 여무는 물빛공원

호수의 다리 위에서 '知魚之樂지어지락'[16]을 생각한다

---

15  예전에는 개울가 수수밭에 참게가 수수 이삭을 먹으러 올라오곤
    했다. 그러나 개발로 인해 댐이 생기자 참게와 뱀장어 같은 회류성
    回流性 물고기들은 자취를 감추었다.

16  知魚之樂지어지락 : 『莊子장자-秋水추수』에 나오는 말. 장자가 호수의

철학은 사람이 사람다움을 찾는 존재의 이유지만

지금은 돈 되는 것 외엔 가치를 잃는 시대


正道정도가 설 자리를 잃은 가치관 혼돈의 사회에서

先賢선현의 修身安分수신안분 가르침은 공허하다

電波전파의 노예가 된 현대인의 강박과 불안!

사이버 공간에 갇힐수록 소통과 思惟사유는 멀어진다


2.

가을 하늘! 구름 한 점 없다

푸르름 그 너머에 있는 깊고 아득한 것은

周興嗣주흥사[17]가 갈파한 "天玄천현"[18]의 바로 그 하늘!

思惟사유로만 다가설 수 있는 物外물외[19]의 세계다

---

다리 위에서 말했다. "저 물고기들이 헤엄치며 노는 것을 보니 이
것이 물고기들의 즐거움이로구나." 그의 친구 惠子혜자가 말했다.
"자네는 물고기가 아닌데 어찌 물고기의 즐거움을 아는가?" "자
네는 내가 아닌데 어떻게 내가 물고기의 즐거움을 모르는줄 아는
가." 그래서 두 사람 사이에 변설辯說이 오고 갔는데 이를 두고 '지
어지락知魚之樂'이라고 한다.

17  周興嗣주흥사 : 『千字文천자문』의 撰者찬자. 梁양나라 사람.

18  천현天玄 : 하늘의 푸르름 그 너머에 있는 깊고 가물가물한 것.

19  物外물외 : 사유思惟 속에서 집착을 벗고 마음을 비운 자유로운 경지.

물 위에는 물오리들 한가로운데

건너편 길 위의 자동차들, 딱정벌레 같다

아무리 달려도 허기진 욕망은 채울 수 없는 것!

인간의 幸福指數행복지수는 물오리보다 높을까


산책로를 가로지르는 개미 한 마리!

무슨 목적으로 어디를 향해 가는 걸까

문득 떠오른 베르나르 소설 속의 '개미와 손가락'[20]

인간 생명의 가치는 개미보다 무거울까


불평등 속에 균형을 이루어 가는 생명체의 존재!

인간도 개미도 자연 질서 속 동등한 균형추일뿐!

모든 존재는 '스스로 그런[自然]' 까닭에 설명될 수 없건만

나는 지금 호수의 다리 위에서 내 존재를 생각한다

2013. 10. 10.

廣州市광주시 中垈洞중대동 물빛공원을 거닐며

---

20  개미와 손가락 : 프랑스 작가 베르나르 베르베르(Bernard Werber)는
1991년에 발표한 첫 소설 『개미』(Les Fourmis)에서 인간을 '거대한 손
가락'으로 표현하고, 개미에 대한 과학적 지식을 바탕으로 개미의
視角시각에서 본 인간 중심의 思考사고와 세상을 논리적으로 비판
했다.

# 어떤 자유

하늘에 찬란하게 파란 비단 드리운 날
그는 化生화생한 나비처럼 身銬신고²¹를 벗고
아득한 天玄천현의 깊음속으로 사라져 갔다

매였던 것에서 벗어난 홀가분함 앞에서
남은 이의 설움이야 내 알 바 아니란 듯
그는 빛나는 자유 속으로 훨훨 날아갔다

명심보감 읊조리던 朗朗낭랑했던 그 목청도
二十八宿이십팔수 거꾸로 외며 귀신 쫓던 옛날도²²
苦海고해를 건너버린 그에겐 덧없는 것이었다

빈자리에 남은 벗들 幻影환영처럼 둘러서서

---

21 身銬신고 : 몸을 잡아매는 차꼬[獄鎖]. 여기서는 차꼬와 몸둥이 모두
   를 指稱함.
22 옛날 漢文한문을 공부하던 사람들은 "二十八宿이십팔수 이름을 거꾸
   로 외우면 귀신을 쫓아낼 수 있다."며 심심풀이 삼아 이십팔수 이
   름을 거꾸로 외우곤 했었다.

제가끔의 인연으로 이야기꽃 피우는데

그가 보낸 傳令전령인듯 까마귀 한 마리 날고 있다

　　　　　　　2016. 2. 24. 10:00 중대공원묘원에서

# 慶安川경안천 散步산보

귀하지 않은 생명이 누가 있으며
예쁘지 않은 꽃이 어디 있으랴
慶安川경안천 산책길 자연의 日常일상
나 또한 그 일부가 되어
잠시 마음을 내려 놓는다

늦가을 바람에 흔들리는 애기똥풀이라니!
코스모스도 있고 클로버와 민들레도 華奢화사하다
날아다니는 잠자리를 보며
애벌레로서의 길고 긴 기다림 끝에 羽化우화하여
곧 스러져갈 잠깐의 황홀한 삶을 滿喫만끽하는
여린 생명의 환희를 축복한다

사마귀는 '螳螂拒轍당랑거철'의 蠻勇만용으로
내 발걸음을 막아선다
귀뚜라미나 여치에게는
잔인하고 무시무시한 저승사자겠지만
여기 이대로 머뭇거려 있으면

정말 자전거 바퀴에 깔려 버릴라

어서 풀숲으로 돌아가렴


아! 우리 日常일상과 무관하게

경안천은 어제도 오늘도 悠長유장하게 흐르고

우주의 時와 空공 또한 잠시도 멈추지 않는구나


하늘엔 구름 한 점

풀숲엔 산들바람 한줄기


颯爽삽상하다


　　　　　　　　　己亥기해 시월 초하루 경안천 산책 중

# 황금빛 소묘

바람의 흔적 좇아 개울가를 거니는 길
물속에는 작은 물고기 떼 헤엄치고
물오리 몇 마리 자맥질 하며 떠 있는 곳
바람 불 때마다 나뭇잎은 눈부시게 떨어져 간다

고양이 한 마리 징검다리에서 나를 바라본다
멀끄럼한 눈빛에 담긴 것은 두려움일까, 호기심일까?
하늘빛 쏟아져 갈대숲 흔들리는 오후 한 때
바람의 인연으로 우리는 잠시 순간을 共有공유한다

내가 지금 여울목에 반짝이는 그리움을 좇듯
나 또한 언젠가는 바람 속 幻影환영으로 남겠지
멀리 은행잎을 밟고 密語밀어처럼 다가오는 설레임 소리!
시누대 숲으로 서걱이며 멀어져 가는 발자국소리!

2013. 11. 10.

# II

## 白頭山백두산 紀行기행

# 廣開土太王讚歌광개토태왕찬가

廣開土竟好太王광개토경호태왕

광대한 朝鮮疆域조선강역 多勿다물[23] 영웅 호태왕

勳碑赫赫功輝煌훈비혁혁공휘황

훈적비[24]엔 혁혁 공로 밝게도 빛나시네

字字勁勁彫亘古자자경경조긍고

글자마다 굳세어라 아로새긴 우리 古史고사

雄健碑面東史滉웅건비면동사황

雄健웅건한 碑面비면마다 倍達歷史배달역사 굽이치네

2013. 6. 24. 10:30

---

23  多勿 : 옛 땅을 회복함. "고구려어에, 옛 영토 회복을 다물이라 한
   다.-麗語謂復舊土爲多勿(『三國史記·東明王二年』)" 광개토태왕은 우리
   고조선의 廣大광대한 疆域강역을 회복한 배달겨레의 영웅이다.

24  碑文비문의 정식 명칭은 '國罡上廣開土境平安好太王勳積碑국강상광
   개토경평안호태왕훈적비'다.

# 天池에서 I

1.

유월의 白頭山麓백두산록! 천사백 계단을 오른다
곳곳엔 희끗희끗 녹지 않고 쌓인 눈
어린 壇君단군 장난치고 숨 고르며 오르던 길
지금 나는 통곡하며 우리 故土고토[25] 밟고 있다

배달겨레 白頭聖地백두성지 天池천지 곁에 송곳처럼
'조선'이라 꽂혀 있는 國境碑국경비의 아픈 글자
몸이 나뉜 天池천지는 품을 벌려 반기건만
둘러친 금줄[禁索금삭]은 鐵壁철벽보다 두껍구나

桓雄天王환웅천왕 三千群徒삼천군도 풍악 울려 내려온 곳
風伯雨師풍백우사 佩玉패옥 소리 은은하게 울리는데
꿈결처럼 들려오는 神市신시백성 노랫소리
異邦이방의 낯선 말[言][26]에 반만년 꿈 허허롭다

---

25 故土고토 : 회복해야 할 우리 옛 영토.
26 天池천지 주변엔 온통 중국어만 시끄러웠다.

2.

朔風寒雪삭풍한설 너무 거세 나무조차 없는 곳

풀을 찾아 올랐을까 靈영에 끌려 올랐을까

'킬리만자로 표범'[27]처럼 곰 한 마리 예 올라서

인간 되는 꿈을 꾸며 至誠지성으로 發願발원했지


환웅천왕 感應감응하사 樺燭洞房화촉동방 배달 聖母성모

옥동자 낳으시니 壇樹단수[28] 아래 五色瑞氣오색서기

神市신시백성 부른노래 '於阿歌어아가'라 하늘 頌德송덕[29]

"어아어아 우리한배검 가마고이[30] 잊지마세"


億劫억겁 침묵 감도는 웅장한 백두 山麓산록![31]

天祭壇천제단 있던 곳엔 祭香告祝제향고축[32] 끊기고

대륙문명 꽃피웠던 倍達光輝배달광휘 사라진 곳

蕭瑟소슬한 바람속에 萬病草만병초만 依然의연코나

2013. 6. 23. 11:00

---

27 Ernest Hemingway(1899~1961)의 소설 『킬리만자로의 눈』

28 壇樹단수 : 서낭나무

29 하늘 頌德송덕 : 하늘의 덕을 기리는 것.

30 가마고이 : 높은 은덕.

31 山麓산록 : 산기슭.

32 祭享告祝제향고축 : 제사를 올리는 향불과 제사 지냄을 알리는 소리.

# 〈어아가-神歌<sub>신가</sub>〉에 대하여
## : '검노래'라고도 함

구한말과 일제강점기를 거치며 민족의 自覺<sub>자각</sub>을 主唱<sub>주창</sub>하며 '어아가'는 여러 경로로 전파되었던 것 같다. 아래에 例示<sub>예시</sub>한 『三一神誥<sub>삼일신고</sub>』 수록본을 비롯하여 「原本神歌<sub>원본신가</sub>」, 동아일보 1927년 8월 29일자 白陽桓民<sub>백양환민</sub>이라는 분의 〈九月山巡禮記<sub>구월산순례기</sub>〉에도 이 노래가 실려 있다. 특히 원본신가에는 한자에 한글이 병기되어 있는데, 이 자료는 한자의 이두음 연구에도 활용할 수 있을 것으로 보여서 다음 페이지에 해석과 함께 수록한다.

"어아어아 우리한비검 가마고이[높은 恩德] 비달나라 우리들이 골잘히로[萬億年] 잇지마세 / 어아어아 차맘은 활이되고 거맘은 설데로다(善心은爲弓이오 惡心은貫革) 우리골잘사람 활가티 굿센맘 고든살가티 한맘에 / 어아어아 우리골잘사람 하활장에 무리설데 마버라아[無數貫革穿破] 한검가튼 차맘에 눈바울이 거맘이라[熱湯가튼善心 一點雪이惡心] / 어아어아 우리골잘사람 활가티 굿센맘 비달나라 빗치로다 우리한비임 우리한비임 나리심[開天歌神降] 온 누리 캄캄한속 잘

가지 늦 모숨업더니 한새배 빗 불그리일며 환이열닌

다 모다살도다 웃는다 / 한븨한븨 한븨 우리한븨시니

빗과 목숨의 임이시로다 / 늘힌메 빗구름속 한울노릐

우러나도다 곱온아기말근소리로놉히부른다 별이밧

도다 웃는다 한가우달 / 한가우달은사랑옵고 한가우

달은빗이곱네(아-한바퀴둥근달 아-한바퀴함박달) / 아사달 한

울집달도발고 한스승이밤에오르섯네 / 한븨임빗으로

빗쳐주고 한스승얼골로 빗쳐주네"(『三一神誥』昭和十三年

十月三十日 三仁洞精舍 申泰允)

右神歌始自何代未詳而.

오른쪽 神歌신가는 어느 시대에 시작되었는지 未詳미상이다.

古事記中 東明王雖非祭時常歌此曲又.

『古事記고사기』에, 동명왕께서는 제사 때가 아니어도 늘 이 노래를 부르셨으며 또

廣開土王每於臨陣時 使士卒歌之 以助軍氣云

광개토태왕께서 진을 치고 적을 공격할 때 병사들에게 이 노래를 부르게 함으로써 士氣사기를 북돋았다고 한다.

發聲辭　我等大祖神大　恩德　倍達國　我等皆　百百千千年勿忘

어아어아　나리ᄒᆞᆫ비ᄀᆞᆷ가마　고이　비달나라　나리다모　골잘너나도가오소

善心　大弓成　惡心　矢的成　我等百百千千人

어아어아　차마무가　한라다시　거마무니　셜데다라　나리골잘

皆　大弓弦　同善心　直矢一　心　同

다모　한라무리　온차마무　구셜ᄒᆞ니　마무　온다

我等百百千千人　皆　大弓一　衆多矢的　貫破　沸湯同　善心　中

어아어아　나리골잘　다모　한라ᄒᆞ니　무리셜데　마부리야　다미온마　차마무나

一塊雪　惡心

어아어아　ᄒᆞ니유오　거마무다

我等百百千千人　皆　大弓堅勁同心　倍達國　光榮

어아어아　나리골잘　다모　한라고비온마무　비ᄃᆞᆯ나라달이ᄒᆞ소

百百千千年　大恩德　我等大祖神

골잘너나　가마고이　나리ᄒᆞᆫ비ᄀᆞᆷ　나리ᄒᆞᆫ비ᄀᆞᆷ

解明神歌: 신가에 대한 해석

어아어아 우리 大皇祖놉흔恩德 倍達國의 우리들이 百千萬年 잇지마세

어아어아 善心은활이되고 惡心은관혁이라 우리百千萬人활쏘치바른善心 곳은살쏘치 一心이예

어아어아 우리百千萬人ㅎ活쟝에 無數貫革穿破ㅎ니 熱湯갓흔善心中에 一點雪이惡心이라

어아어아 우리百千萬人활쏘치굿센ㅁ음 倍達國의光彩로다

百千萬年놉흔恩德 우리大皇祖우리大皇祖

현대문

어아어아 우리 태황조 놉흔 은덕 배달국의 우리들이 억천만년 잇지마세

어아어아 착한 맘은 활이 되고 악한 맘은 관혁이라 우리 억천만 배달겨레

활줄갓이 바른 마음 곧흔 한맘일세

어아어아 우리 억천만 배달겨레 한 활당겨 무수한 과녁 뚫어 격파하니

끓는 물 같은 착한 맘에 악한 맘은 한 송이 눈이로다

어아어아 우리 억천만 배달겨레 활 갓이 굳센 마음 배달나라 광채로다

억천만년 놉흔 은덕 우리 태황조시여 우리 태황조시여

# 天池에서 II

중국쪽 天池천지 국경선에서 북한쪽 천지를 바라보며

1.

우리 마음 아직 天眞천진했던 아득한 옛날 옛적

무릇 먹고 쑥향 살라[33] 사람 되길 發願발원하신

聖母성모께서 처음 보신 莊嚴장엄 威景위경 그대로

天池천지는 億劫억겁의 神祕신비 품고 지금 내 앞에 있다

어느 날 여기 올라 경건하게 合掌합장하며

---

33  쑥향과 무릇 : 『三國遺事삼국유사』 「古朝鮮고조선」의 '靈艾一炷영애일
주'는 '향불용 쑥. 炷주'는 '불을 피우는 심지'이며, 향초를 세는 단
위다. '蒜二十枚산이십매'는 '무릇'이다. 우리가 먹는 큰 마늘은 西漢
서한 武帝무제 때에 西域서역에서 들어온 것이다. 李時珍이시진의 『本
草綱目본초강목』에, "[蒜산]釋名석명 : 蒜산의 이름은 小蒜소산, 茆蒜묘
산 葷蒜훈산이라고 부른다. 이시진이 말하기를 '처음에는 중국에 소
산만 있었는데 후에 한나라 사람이 서역에서 호산을 들여와서, 마
침내 본래의 것을 소산이라고 불러 구분했다.(小蒜, 茆蒜, 葷蒜. 時珍
曰 中國初惟有此, 後因漢人得胡蒜於西域, 遂呼此爲小蒜)'고 하였다." 1946년
에 史書衍譯會사서연역회에서 간행한 『三國遺事삼국유사』 번역본(고려
문화사)에 '蒜'을 마늘이라 한 이후부터 모든 『삼국유사』 번역본이
사서연역회 본을 따라 마늘이라고 잘못 번역한 것이다. / 박광민
(2017) 「'고조선 편'의 내용과 '고조선' 지명에 대한 고찰과 변정辨正」
(한국동양정치사상사연구 제6권 2호)

눈부시게 솟아오른 아침 해의 畏敬외경[34]으로

'朝鮮조선'이라 이름 지은 萬歲國祖만세국조 壇君王儉단군왕검

그 후손, 지금은 남의 땅 된 天池천지에 입 맞춘다


아사달[35] 聖池성지 천지의 푸른 물아

너를 아프게 버혀내어[36] 남에게 바칠 줄을

꿈엔들 알았으랴, 壇君단군의 통곡소리 들리노니

아득한 蒼空창공아! 시린 가슴으로 너를 바라본다


2.

太初태초의 고요깃든 백두 靈峰영봉 天池천지 곁에

紫府仙人자부선인 靜坐정좌하여 物外물외[37]에서 노니실 때


---

34 畏敬외경 : 존경의 마음으로 두려워 함.

35 아사달 : '아사'는 아침의 신성함이요, '달'은 山산의 고유어다. '朝鮮조선'의 '鮮선' 또한 西周서주 때 저술된 『逸周書일주서』 권4 〈和寤解화오해〉에, "王乃出圖商왕내출도상, 至于鮮原지우선원 : 왕께서 마침내 商상(殷은)을 도모하여 언덕에 이르셨네"라고 하였는데, 晉진 나라 孔晁공조의 注주에 "小山曰鮮소산왈선 : 작은 산을 선이라 한다"고 하였다. 『詩經시경』 〈大雅대아 皇矣황의〉 편에도 "度其鮮原탁기선원 居岐之陽거기지양 : 작은 산과 언덕을 헤아려 岐山기산의 남쪽에 터를 잡으셨네."라고 하여 '鮮'을 언덕이라는 뜻으로 썼다. 따라서 '朝鮮'은 '아사달'과 같은 뜻이다.(박광민, 「古朝鮮 國名과 地名에 대한 語源的 考察」 2019. 7. 30. 『溫知論叢온지논총』 제60호 pp. 210.~211.)

36 버혀내어 : '베어내다'의 古語고어.

37 物外물외 : 思惟사유 속에서 집착을 벗어나 마음을 비우고 太虛태허

黃帝氏황제씨[38] 달려와서 가르침 받은 후에

「三皇內文삼황내문」 받아간 것 『抱朴子포박자』[39]에 전해오네


천지에서 바라본 樹海수해[40] 건너 胞胎山포태산[41]아!

桓雄廟宇환웅묘우[42] 품고 있는 옛 자취의 虛項嶺허항령아!

國祖誕降국조탄강 서낭나무 神壇樹신단수[43] 터 어디더냐

남의 땅된 聖池성지에서 聖母성모 감응 기원하네


한 발 더 내디디면 禁域금역이 된 통곡의 땅!

줄 한 개가 길을 막아 눈물 흘려 더 못가네

---

속에 노니는 자유로운 경지.

**38** 黃帝氏황제씨 : 중국인이 祖宗조종으로 모시는 고대의 임금.

**39** 『抱朴子포박자』: 東晋동진 葛洪갈홍(283~343)이 지은 책. 「內篇내편」에
"옛날 황제가 동쪽 靑丘청구의 風山풍산을 지날 때, 자부선생을 알
현하고 『삼황내문』을 받아가서 이로써 여러 귀신을 불렀다.(昔黃帝
東到靑丘, 過風山, 見紫府先生, 受『三皇內文, 以勀召萬神.)"는 기록이 있다. 紫
微宮자미궁은 天帝천제가 머무는 곳. 紫府자부는 임금께서 계신 궁궐.

**40** 樹海수해 : 산 아래 나무가 우거진 高原고원.

**41** 胞胎山포태산 虛項嶺허항령 : 포태산은 백두산 남쪽으로 뻗어 내리다
가 솟아오른 산, 허항령은 우리나라 쪽에서 백두산을 오를 때 지나
게 되는 高原고원.

**42** 桓雄廟宇환웅묘우 : 환웅천왕의 사당. 虛項嶺허항령에 있다고 함. 최
남선의 『白頭山觀參記백두산근참기』에 기록이 있다.

**43** 신단수터 : 단군이 태어난 터. 아기 탄생 후 3·7일간 금줄을 둘러
雜氣잡기의 범접을 막거나 서낭나무를 섬기는 풍속 등으로 볼 때
神壇樹신단수는 서낭나무로 보는 것이 타당할 것이다.

무엇이 우리를 갈랐던가, 합칠 날 언제런가

天池천지 옆 萬病草만병초야! 너만 홀로 依然의연[44]코나

2013. 6. 23. 11:00

---

44 依然의연 : 굳세어 변함없음.

# 天池에서 Ⅲ

1.

하느님이 三危太白삼위태백 굽어보고 弘益홍익[45] 터전 감
탄하사

桓雄天王환웅천왕 내려보내 삼백예순 人間事인간사 다스릴 때

天池천지는 神壇樹신단수 적셔흘러 熊女虎女웅녀호녀 기도
소릴 들었지


무릇먹고, 쑥향 피운 백일치성 웅녀 聖母성모[46]

곱디고운 여인 되어 氣稟貞節기품정절 갖췄으니

환웅도 예를 갖춰 樺燭洞房화촉동방 정겨워라

---

45 弘益홍익 : 인간이 번성할 만한 크고 넓은 땅. 『三一神誥삼일신고』에
"弘홍은 큰 것이고, 益익은 넓은 것이다.…… 三危太白삼위태백은 산
천이 수려하여 땅의 영험한 기운이 모이고 인물이 걸출하므로 弘
益홍익이라 할만 하다.(弘大益廣也. 三危太白……山川秀麗 可謂地氣鍾靈 人物
傑出故 曰可以弘益)"고 하였다.

46 웅녀는 聖성스러운 삼칠일간 무릇을 먹은 후, 쑥향을 피우고 백일
동안 치성을 드린 것이다. 그래서 아기를 낳으면 삼칠일간(21일간)
금줄을 치고 雜人잡인의 출입을 금해서 잡귀나 잡기의 접근을 막았
던 것이다.

열 朔삭[달] 지나, 壇樹단수아래 옥동자 낳으시고
스무하루[47] 금줄[禁索금삭]둘러 雜鬼雜氣잡귀잡기 물리치니!
神壇樹신단수 靈氣영기 받아 聖名성명도 단군왕검!


2.

어린 단군 뛰어놀 때 天池천지에 올라보니
놀랍고 神異신이해라 하늘 조상 잡으신 터
아래 세상 아득히 天孫천손 터전 錦繡江山금수강산


자랄수록 明敏명민하니 生而知之생이지지[48] 神童신동이라
사람들 敬拜경배하여 임금으로 추대하니
光被四表광피사표 化被草木화피초목[49] 온누리에 敎化교화의 빛

---

47 三七日 : 21일. 『三國遺事삼국유사』에 "(하느님이)神신을 보내 신령한
향쑥 한 단과 무릇 스무 개를 주며 말하기를 '너희들이 삼칠일간
이것을 먹고, 쑥향을 피워 백일 동안 햇빛을 보지 않으면 사람의
모양을 얻으리라.' 이에 곰과 호랑이는 스무하루 동안 무릇을 먹고
치성을 드렸다.(時神遺靈艾一炷 蒜二十枚日 爾輩食之 不見日光百日 更得人形 熊
虎得而食之忌三七日)"는 내용이 있다. 그래서 아기를 낳으면 스무하루
동안 금줄을 치고 삼가는 풍속이 생긴 것이다. 『三一神誥삼일신고』
에는 '艾二十一炷와 蒜三枚'라고 하였는데『삼국유사』와 다르다.
48 生而知之생이지지 : 태어나면서부터 진리를 아는 것. 『論語논어-爲政
위정』편 注주에 程子정자는 孔子공자를 가리켜, '生而知者也생이지자
야,'라고 하였다.
49 '光被四表광피사표'는 『書經서경-堯典요전』에 나오는 말로 '임금의 덕
이 빛처럼 온 누리에 퍼져 나간다'는 뜻이다. '化被草木화피초목'은

壇君王儉단군왕검 잡으신 터 天池천지에서 바라보니

장엄도 하올시라 둥두렷한 아침해는

倍達光輝배달광휘 우리 朝鮮조선 하늘 아래 첫 땅일세

2013. 6. 23. 11:00

---

『千字文천자문』에 나오는 구절이며, '임금의 가르침에 풀과 나무까지도 그 덕을 입는다.'는 뜻이다. 이 두 구절은 景福宮경복궁의 남문인 光化門광화문 명칭의 典故전고이기도 하다.

# 天池에서 IV

백두산 오르는 길


太初태초의 고요가 구름 위에 머무는 곳

가도가도 굽이돌아 丘陵구릉은 이어지고

뒤틀리며 자라오른 자작나무 群落군락 속

解慕漱해모수의 五龍車오룡거는 雲霧운무속에 가리웠다


白頭靈峰백두영봉 산자락에 늘어선 뭇 봉우리

胞胎山포태산은 熊女웅녀의 發願祈禱발원기도 품어 있고

虛項嶺허항령엔 桓雄廟宇환웅묘우 옛 자취 완연하니

멧부리마다 樹海수해[50]마다 배달 動脈동맥 고동친다


2013. 6. 23. 11:00

---

50  樹海수해 : 나무가 바다처럼 넓게 우거진 丘陵구릉.

# 天池천지에서 V

丹東단동 鴨綠압록 강가에서

천지에서 시작된 물 골짜기를 굽이돌아
압록수를 이루고 두만강이 되었구나
神壇樹신단수 적시던 물 時空시공을 돌고 돌아
오늘도 변함없이 洋洋양양하게 흐르건만……

강 건너 시뻘건 산 풀 한 포기 없는데
"칼바람 속 땔감 찾아 언 손을 호호불며
지게 지고 백리밖에 나무하러 다녔다"는
어느 탈북자의 말은 虛言허언이 아니었다

戰鬪化전투화 된 산자락의 섬뜩한 口號구호에는
최고존엄 신격화와 偶像化우상화 요란한데
강요된 충성경쟁 劃一化획일화 된 사회에서
인간의 존엄성은 설 자리를 잃었다

고구려군 오갔을 遼東遼西요동요서 너른 故土고토
지금은 서로 갈려 오가지도 못하누나
압록수에 손을 담가 禁域금역의 땅 어루만져

배달겨레 자유통일 통곡으로 기원한다

2013. 6. 25. 13:00

# 妙香山묘향산 悲愴비창

集安집안 北韓食堂북한식당 妙香山묘향산에서

1.

華奢화사한 옷맵시는 진열장 속 종이꽃

'눈물 젖은 두만강' 새장 속 카나리아!

속눈썹에 어린 그늘 슬픔인 듯 哀訴애소인 듯

누굴 위한 것이더냐 꾸며진 네 웃음은

그 이름도 신비해라 귀에 익은 妙香山묘향산은!

묘향산 삽주나물 백두산 고비나물

홀로 먹는 한술 밥 미안함에 목메어

남모르게 한참동안 고개를 숙이노라

배달겨레 情정 나누며 오순도순 살았거니

어찌하여 이런 모습 우리 여기 만났더냐

너른 故土고토 모두 잃어 삼천리만 남았거늘

그마저도 둘로 갈린 원통할손 우리 역사

2.

꾸며낸 미소 뒤엔 바래버린 보랏빛 꿈

鳥籠조롱 속의 종달새, 꺾여버린 날개여!

네 속눈썹 憂愁우수는 애처롭고 무거운데

피멍이 든 민족 痛恨통한 풀릴 길이 없구나


노랫말도 귀 익어라 '고향의 봄' '아리랑'은

들쭉술 한 잔에 뜨거워진 목울대

같이 앉아 情談정담을 꽃피워도 좋으련만

하릴없이 나는 홀로 술잔만 비우누나


누가 네게 혁명 戰士전사의 갑옷을 입혔더냐

웃음 뒤에 감춰진 시퍼런 匕首비수 끝은

울컥하여 感傷감상 젖은 내 목을 겨누거니

萬感情懷만감정회에 나 여기 목 놓아우노라


2013. 6. 24. 13:30

# 妙香山묘향산 悲愴비창
Sorrow of Myohyangsan

중국 집안의 북한식당 '묘향산'에서
at the North Korean restaurant 'Myohyangsan(妙香山)'[51] in Jilin (輯安), China

### 1.

화사한 옷맵시는 진열장 속 종이꽃
In bright and colorful clothings, it (she) is a paper-flower in a cabinet

'눈물 젖은 두만강', 새장 속 카나리아!
'Duman River[52] filled with sorrow', dear a bird canary in a cage!

속눈썹에 어린 그늘 슬픔인 듯 애소인듯
the shadow in your eyelashes, sadness or sorrow

누굴 위한 것이더냐 꾸며진 네 웃음은
whom is it for, that blank smile of yours.

---

51  It is named after the mountain in North Korea, Myohyang-san (妙香山). 'San (山)' means a mountain in Korean language. The name 'Myohyang (妙香)' means mysterious (妙) and fragrances (香). According to the Korean legend, it is a sacred site where King Dangun (檀君), the forefather of Korean people, was born.

52  Duman River: a Korean name of Tumen River (豆滿江).

그 이름도 신비해라 귀에 익은 妙香山묘향산은
How mystic it is, its familiar name Myohyangsan

묘향산 삽주나물 백두산 고비나물
Sabju[53] namul[54] from Mt. Myohang, gobi[55] namul from Mt. Baedu

홀로 먹는 한술 밥 미안함에 목메어
a bite being caught in a throat, 'cause of sorriness

남모르게 한참동안 고개를 숙이노라
long kept my head down, hiding my face

배달겨레 情정 나누며 오순도순 살았거니
We were happy together, sharing hearts as Koreans

어찌하여 이런 모습 우리 여기 만났더냐
though here, what made us as strangers

너른 故土고토 모두 잃어 삼천리만 남았거늘
with only the Korean peninsula left, having lost vast ancient land

그마저도 둘로 갈린 원통할손 우리 역사
even broken in half, how bitter our history is

---

53  Sabju (삽주): a kind of herb that is common in Korea.
54  seasoned greens in Korean cuisine.
55  Gobi (고비): osmund.

2.

꾸며낸 미소 뒤엔 바래버린 보랏빛 꿈
The faded purple dream behind the fake smile

鳥籠조롱 속의 종달새, 꺾여버린 날개여!
a lark in a cage, with its wings broken!

네 속눈썹 우수는 애처롭고 무거운데
what a pity and how heavy, the sadness in your eyelashes is

피멍 든 민족 痛恨통한 풀릴 길이 없구나
there is none to heal the bitter hearts of ours


노랫말도 귀 익어라, '고향의 봄' '아리랑'은
How familiar it is, the lyrics of 'Spring of Home-town' and
'A-ri-rang'

들쭉술 한 잔에 뜨거워진 목울대
my throat, warmed with a glass of Deuljuksul[56]

같이 앉아 情談정담을 꽃피워도 좋으련만
how great it will be, sharing a seat and a chat

하릴없이 나는 홀로 술잔만 비우누나
though I only empty my glass alone, hopelessly

---

56　Deuljuksul (들쭉술, [d-l-z-oo-c-s-oo-l]): blueberry liquor

누가 네게 전사의 갑옷을 입혔더냐
Who put you in an armor of warrior

웃음 뒤에 감춰진 시퍼런 匕首비수 끝은
the blade of revolution, hidden behind your smile

울컥하여 感傷감상 젖은 내 목을 겨누거니
it aims to my throat, caught up with lumps of sentiments

萬感情懷만감정회에 나 여기 목 놓아 우노라
bitterly I cry, in thousands of hearts and feelings

박광민 Park, Kwang-Min (朴光敏, 1952~ )

(translated by Kim, Dong-Hyoun 金東玹)

# III

# 남한산성

## 城廓苦行 성곽고행

# 남한산성 城郭苦行성곽고행 I

東將臺동장대 晞吟희음[57]


1.

零下영하의 칼바람 속 東將臺동장대 오르는 길

다람쥐도 겨울잠 든 흰 눈 쌓인 덤불 속

허물어진 軍硝址군초지엔 나뒹구는 기왓장들

士民사민[58]의 飢寒기한[59] 숨결 이끼 속에 덮여있네


깎아지른 벼랑 위에 쌓아올린 성돌[城石]마다

백성 눈물 얼룩지고 땀방울도 스몄겠지

길마로 옮겼을까 등짐 져서 날랐을까

돌을 쪼는 정 소리에 쪼개지는 性理爭論성리쟁론[60]

---

57 晞吟희음 : 탄식하는 詩시.
58 士民사민 : 군사들과 백성들.
59 飢寒기한 : 굶주림과 추위.
60 性理爭論성리쟁론 : 性理學성리학은 조선의 통치 이념으로 우리나라
  학문 발전에 많은 기여를 했지만, 지나친 經學경학 위주의 학문 풍
  토로 『史記사기』와 같은 실용 학문에 等閑등한 함으로써 국방력 약
  화를 불러 온 측면도 있었다. 더구나 병자호란 때는 國論국론이 분
  열 되어 청나라 침입에 효과적으로 대응하지 못했다.

맨몸도 숨이 가쁜 가파른 낭떠러지
山頂산정에 몰아치는 청솔바람 소리는
淸軍청군과 싸우시던 우리 군사 함성인 듯
적을 향해 날아가는 화살깃 소리인 듯

산 아래 松坡송파벌엔 자욱한 淸軍馬塵청군마진
城성 안에는 허기진 조선군사 幻影환영들
항복보단 차라리 自剄贖罪자경속죄 떳떳커늘……[61]
허물어진 성벽 위, 松葉송엽에 찔린 아픈 하늘아!

---

[61] 丙子胡亂병자호란이 일어나자 仁祖인조는 신하들과 나무꾼의 등에
업혀 남한산성으로 피난했다. 임금이 三拜九叩頭禮삼배구고두례로
아홉 번이나 머리를 땅에 부딪혀 鮮血선혈이 낭자했다는 것은 古今
고금에 없는 치욕이다. 차라리 검을 들고 함께 싸우든가 자결하여
백성 앞에 속죄했더라면 仁祖인조는 패전 군주가 아니라 조선의 자
존을 지킨 영웅으로 후세에 남을 수 있었을 것이다. 서기 23년, 광
무제 劉秀유수는 昆陽城곤양성에서 절대 劣勢열세로 王莽왕망의 대군
에게 포위당했는데, 유수의 군대는 적의 위세에 놀라 도망갈 궁리
뿐이었다. 유수는 "눈앞에 큰 적이 있는데 우리는 병사도 적고 군
량도 부족하다. ……우리의 살길은 오직 힘을 합해 같이 공명을 도
모하는 길밖에 없다."며 직접 보병 1천여 명을 거느리고 가장 가까
운 적의 진영을 공격했는데 이를 보고 성내의 군사들도 용기백배
하여 나와 싸우니 왕망의 대군은 패퇴하여 도망가 버렸다. 이것이
소수의 병력으로 다수의 병력을 이긴 '昆陽之戰곤양지전'이다.

2.

남의 등에 업힌 임금 山城산성으로 피했어도

수천 英靈영령 戰歿전몰 당한 雙嶺쌍령 전투 헛되이[62]

三拜삼배에 九叩頭聲구고두성[63] 松坡송파 벌에 울리고

오랑캐 비웃음은 萬古만고에 남았구나


임금의 이마에는 선혈이 낭자한데

뻔뻔도 하올시고 偏黨편당 가른 論功行賞논공행상

貪官名利탐관명리 一身榮達일신영달 碑碣비갈에는 赫赫功勳

혁혁공훈!

---

62 雙嶺戰鬪쌍령전투 : 병자호란 때 廣州광주의 慶安경안(今 京安) 동쪽에
있는 雙嶺쌍령에서 벌어진 전투. 두 개의 고개 중 첫 번째 고개 너
머 가마소[沼] 근처에서 전투가 벌어졌다. 경상좌병사 許完허완은
적과 접전하기도 전에 패하여 전사하였으며, 경상우병사 민영은
휘하 군사를 督戰독전하며 싸웠으나 탄약을 나눠주던 중 탄약에 불
이 붙어 군사들이 혼란에 빠지게 되어 패하고 자신도 전사하였다.
公淸[忠淸]兵馬節度使공청병마절도사 李義培이의배는 宣世綱선세강(임진
왜란 때 왜군에서 귀순한 장수)이 거느리고 온 嶺南勤王兵영남근왕병과 합
류하여, 허완·민영과 鼎足之勢정족지세의 진을 쳤으나, 아군이 무너
지자 裨將비장의 피신 권유를 물리친 채 노비 丑生축생과 힘을 다해
싸우다가 전사하였다. 선세강도 이 전투에서 장렬히 전사했다.

63 三拜九叩頭聲삼배구고두성 : 세 번 무릎을 꿇고 절을 하는데, 한 번
무릎을 꿇을 때마다 머리를 세 번 땅에 부딪혀 멀리 용상에 앉아
있는 청나라 황제에게 머리 부딪히는 소리가 들렸다고 한다. 아홉
번이나 땅에 머리를 부딪힌 인조의 이마에는 피가 흥건하게 흘렀
다고 한다.

功勞辭讓공로사양 恭謙淸雅공겸청아[64] 滄江趙涑창강조속[65] 유일하네

"文事武備문사무비 武事文備무사문비[66]"는 聖君賢主성군현주 德目덕목이요
先公後私선공후사 淸廉청렴함은 벼슬아치 의무건만
弱君文臣약군문신 武臣貶降무신폄강[67] 우물 안 헛된 空論공론
나라는 짓밟히고 백성은 흩어졌네

『朝鮮國王來書조선국왕내서』는 조선임금 朝貢物目조공물목
淸國청국의 황태자께 "조선국왕 稱臣李倧칭신이종"[68]!

---

64 恭謙淸雅공겸청아 : 공손하고 겸손하며, 풍채와 性情성정이 아름답고 깨끗함.

65 趙涑조속 : 1595년~1668년. 호는 滄江창강. 廣州광주 출신의 高雅고아한 선비다. 1623년 인조반정에 가담하여 공을 세웠으나 훈명(勳名: 나라에 공을 세운 사람에게 주던 칭호)을 사양하고 淸貧청빈하게 살았다. 『滄江日記창강일기』가 있다. 풍채가 맑고 깨끗했으며, 지조가 높고, 청빈하였다. 조선 중기의 대표적인 문인화가다.

66 文事武備문사무비 武事文備무사문비 : 『史記사기-孔子世家공자세가』定公十年春… 魯定公且以乘車好往 孔子攝相事 曰: "臣聞有文事者 必有武備, 有武事者必有文備.……"

67 武班貶降무반폄강 : 武臣무신을 깎아내림. 조선시대는 문신만을 우대하여, 무신은 당상관에 승진하기 조차 힘들었다.

68 『朝鮮國王來書조선국왕내서』 : 병자호란 이후 조선의 임금이 청나라 皇室황실에 보낸 편지와 조공물목 등을 모아서 간행한 책. 民國민국

망해버린 明國年號명국연호 우리만 사용하며[69]

제 역사는 버려두고 "小中華소중화[70]"만 自處자처했네


3.

2천 년 전 百濟舊都백제구도 외로울사 '溫祖王廟온조왕묘'

仁祖인조 꿈에 現夢현몽하여 신하를 찾으심에[71]

남한산성 修築功勞수축공로 李曙이서 장군 配享배향하니

바뀐 이름 '崇烈殿숭렬전'에 君臣군신함께 享祀향사받네


"내 어찌 天朝叛賊천조반적의[72] 신하가 되단말가"

---

22년(1933) 2월 北平故宮博物院文獻館북평고궁박물원문헌관에서 간행하였다. '李倧이종'은 仁祖인조의 諱휘.

**69** 1662년 明명나라가 망한 후에도, 조선후기까지 우리는 "崇禎紀元後 四甲子"처럼 명나라 연호를 썼다.

**70** 조선시대 우리 자신을 가리켜 '작은 중국'이라고 일컫던 명칭.

**71** 병자호란으로 인해 仁祖인조가 남한산성에 머물고 있을 때 꿈에 온조왕이 現夢현몽하여 "내가 외로우니 그대의 충신 한 사람을 내게 보내달라"고 했다고 한다. 다음날 남한산성 修築수축에 큰 공이 있는 李曙이서 장군이 과로로 죽자 인조는 비로소 꿈의 뜻을 알고 이서를 〈溫祚王廟온조왕묘〉에 配享배향하고, 온조왕묘를 〈崇烈殿숭렬전〉으로 고쳤다고 한다. 이서 장군은 南漢山남한산의 형세를 살핀 후 백제가 고구려와의 전투시에 이곳을 도읍으로 삼은 뜻을 읽고 인조에게 건의해 산성을 修築수축케 하였다. 이런 공으로 남한산성의 溫祚王廟온조왕묘와 仁祖廟인조묘에 배향되었다.

**72** 天朝천조인 明명나라를 치는 淸청나라는 모반한 역적이라는 뜻에서 虜賊노적이라고 불렀다.

조선신하 傲霜孤節오상고절 敵都적도를 振慄진율했고[73]

顯節祠현절사엔 三學士삼학사의 忠節神位충절신위 모셨는데

吳達濟오달제의 五言詩오언시는 애달프고 처절해라[74]


서릿발 같은 氣像기상이야 萬古만고의 龜鑑귀감이요

孔孟程朱공맹정주[75] 가르침은 목숨보다 무거워도

天朝虜賊천조노적[76] 慕華모화는 弱小國약소국의 설움인져!

대륙문명[77] 꽃피웠던 倍達氣像배달기상 어디갔나

---

73  三學士삼학사 : 洪翼漢홍익한, 1586~1637·尹集윤집, 1606~1637·吳達
    濟오달제, 1609~1637. 삼학사는 "청나라 신하가 되면 살려주겠다"
    는 청 태종에게 "의리에 죽을 뿐 天朝천조(명나라) 叛賊반적의 신하가
    되지 않겠다"며 죽음을 당했다. 傲霜孤節오상고절 : 추운 서릿발에
    도 굽히지 않는 꼿꼿한 절개. 振慄진율 : 두려움에 떨게함. 지금 현
    절사에는 김상헌 선생과 정온 선생을 삼학사와 같이 모셔 있다.

74  吳達濟오달제가 淸國청국으로 끌려가는 길에 평양 大同江대동강 근처
    에서 부인 南氏남씨에게 보낸 편지는 눈물 없이는 읽을 수 없을 만
    큼 처절하다. "금슬 좋아 정이 두터웠지요 / 서로 만나 2년도 안됐
    건만 / 이제 만리 밖에 이별이니 / 백년가약도 헛것이 되었구려 /
    땅이 멀어 편지도 부치기 어렵고 / 산이 첩첩하니 꿈조차 더디다오
    / 나는 生死생사를 점칠 수 없으니 / 뱃속의 자식이나 잘 지켜 주시
    구려(琴瑟恩情重 / 相逢未二朞 / 今成萬里別 / 虛負百年期 / 地闊書難寄 / 山長夢亦遲
    / 吾生未可卜 / 須護腹中兒)"후에 오달제의 夫人부인은 딸을 낳았으나 그
    딸도 夭折요절하여 후손이 끊겨 養子양자로 뒤를 잇고 있다.

75  孔子공자 孟子맹자 程子정자 朱子주자

76  天朝천조 : 명나라.

77  古代고대 중국 동북방의 역사는 서기전 1122년까지는 고조선의 역
    사다. 지금의 陝西省섬서성에서 東進동진해온 周주나라가 서기전 1122

庚申戊辰경신무진 壬辰丁酉임진정유 丁卯丙子정묘병자 庚戌
庚寅경술경인[78]

자고 나면 잊고 마는 國難국난의 여러 치욕

오늘도 남 탓하는 애국자는 넘치건만

남한산성 안내문은 까마귀만 읽는구나[79]

2015. 1. 5. 남한산성 東將臺址동장대지에서

---

년 商상[殷]나라를 멸하고 天子천자의 나라가 되기 이전의 대륙 고대
사는 東夷동이와 苗族묘족의 전쟁이었다. 다만 동이는 廣義的광의적
개념으로 匈奴흉노와 鮮卑선비 등도 모두 동이이며, 동이 모두를 조
선으로 보는 것은 잘못이다. 고조선은 지금의 遼西요서(옛 요동)와 연
해주 등을 포함하여 한반도 전체를 아우르는 광대한 국가였다.

78  백제망국-660년(경신년) / 고구려 멸망-668년(무진년) / 壬辰倭亂임진왜
란-1592년 / 丁酉再亂정유재란-1597년 / 丁卯胡亂정묘호란-1627년 / 丙
子胡亂병자호란-1636년 / 庚戌國恥경술국치-1910년 / 庚寅動亂경인동
란-1950년.

79  남한산성은 백제의 舊都구도요, 조선의 임금이 치욕을 당한 戰迹
地전적지지만, 이곳을 찾는 많은 이들에게는 그저 맛있는 것을 먹고
내려가는 것 이상의 의미는 없는 것 같다. 곳곳에 여러 안내문이
있지만 관심 있게 읽는 이는 거의 없다.

# 남한산성 城郭苦行성곽고행 II

淸凉堂청량당 哀吟애음

1.

남한산성 守禦將臺수어장대 마당한켠 수리바위[鷹岩]

"守禦西臺수어서대" 刻字각자에는 세월흔적 歷歷역력한데

說話설화 속 담긴 사연 애달프고 서러워라


忠奸충간을[80] 분별함은 聖君賢主성군현군 德目덕목인져

誣諂무첨[81]에 귀가 얇아 忠臣충신을 죽였으니

冤魂徵驗원혼징험 매발자국[鷹足理], 떠낸 터만[址][82] 남았구나


築城勞苦축성노고 충신모함, 간신배들 논공행상


---

80  忠奸충간 : 충신과 간신.

81  誣諂무첨 : 남을 모함하고 임금에게 아첨함.

82  李晦이회가 죽을 때 "나는 무고하다."고 하소연 했는데, "그의 목을
    치자 목에서 흰 매 한 마리가 날라 올라 수어장대 마당 한 쪽에 있
    는 바위에 앉아 슬피 울다가 날아갔다."고 전해 온다. 매가 앉았던
    자리에는 매의 발자국이 남아 있었는데, 日帝侵奪期일제침탈기에 일
    본인들이 발자국을 떠내 가져갔다고 한다. 지금은 매바위에 발자
    국을 떠낸 자국만 남아 있고 수리바위 아래에는 '守禦西臺수어서대'
    라는 글자가 남아 있다.

억울한 지아비 魂혼, 築城供養축성공양 헛되어라

瀟湘江소상강의 二妃斑竹이비반죽, 米石灘미석탄의 二妻慟哭
이처통곡[83]


碧岩大師벽암대사 李晦이회 誣告무고 諂臣첨신들이 지어낸 말[84]

淸凉堂청량당 매당왕신[鷹堂王神][85] 신령한 巫俗肖像무속초상

두 부인의 烈婦正顔열부정안 벽암 眞影진영 合享합향했네[86]

---

83 二妃瀟湘斑竹이비소상반죽 米石灘二妻慟哭미석탄이처통곡 : 古代고대 東
夷동이인 舜순 임금이 蒼梧창오에서 苗族묘족에게 암살을 당했을 때
부인인 娥皇아황과 如英여영 자매가 瀟湘江소상강에서 애달프게 통
곡하니 그 눈물이 대나무에 얼룩져 斑竹반죽이 되었다고 한다. 李
晦이회의 부인과 첩은 남한산성을 쌓는 費用비용이 부족한 것을 알
고는 三南地方삼남지방을 돌며 築城米축성미를 공양 받아 돌아오는
길에 米石灘미석탄에 이르러 남편이 억울하게 죽음을 당했다는 소
식을 듣고 강물에 뛰어들어 자결하였다고 한다.

84 일설에는, "북쪽 성벽은 碧岩大師벽암대사가 쌓고, 남쪽 성벽은 李
晦이회 장군이 쌓았는데, 벽암대사는 대충대충 쌓아서 기한 내에
성 쌓기를 마치고 비용도 절감하였으나 이회 장군은 기한 내에 마
치지 못했다. 이에 벽암대사가 이회 장군을 誣陷무함하여 죽음에
이르게 하였다."고 한다. 그러나 이 또한 奸臣輩간신배들이 이회 장
군의 죽음을 벽암대사에게 덮어씌운 터무니없는 무함이다. 북쪽
성벽은 팔도의 스님들이 동원되어 성을 쌓았는데, 깎아지른 벼랑
에 쌓았으니 더러 허물어지는 곳도 있었을 것이다. 벽암대사가 이
회 장군을 무함하였다면 청량사에 어찌 벽암대사의 초상을 이회
장군과 함께 모실 수 있었으랴.

85 鷹堂王神매당왕신 : 무속에서는 李晦이회를 매당왕신으로 모신다고
한다.

86 淸凉堂청량당에는 李晦이회 장군과 碧岩大師벽암대사, 두 夫人의 초

2.

없는 財源재원 調達조달하여 성 쌓은 이 누구더냐

깎아지른 벼랑 끝에 돌 쌓은 功공 누구더냐

뒷짐지고 私腹사복채운 毁國之蠹훼국지두[87] 누구더냐


나만 살자 허둥지둥 山城산성으로 숨어들어

風前燈火풍전등화 戰亂전란 속에 백성이 흩어져도

偏黨편당 가른 삿대질은 그칠 줄을 몰랐어라


"君憂臣勞군우신로 君辱臣死군욕신사"[88] 古來고래의 君臣倫綱군신윤강

탁상공론 政爭徒輩정쟁도배 神道碑신도비엔 혁혁공훈!

亡國망국 신하 論功行賞논공행상 부끄럽지 아니한가


---

상을 모셨으나 6·25 動亂동란 때 청량당이 불타 없어지면서 초상화도 불타버렸다고 한다. 지금 配享배향 되어 있는 그림은 초상화가 아닌, 巫俗民畵무속민화 형태의 그림이다.

87  毁國之蠹훼국지두: 나라를 갉아먹는 좀벌레 같은 權臣권신.『韓非子한비자』「五蠹오두」에 근거해 필자가 만든 新造語신조어.

88  君憂臣勞군우신로 君辱臣死군욕신사 : "임금에게 근심이 있으면 신하는 수고롭게 일하며, 임금이 욕을 당하면 신하는 죽음을 택한다."는 故事고사.(『國語국어-越語월어 下』)

行間행간[89] 속 슬픈 眞實진실, 史實사실을 뉘 알리오

풀길 없는 억울함도, 斷腸단장의 哀泣聲애읍성도

푸른 솔숲 휘도는 바람결에 떠도누나

2016. 1. 7. 남한산성 淸凉堂청량당에서

---

89  글에 직접적으로 표현되지는 않았으나 그 글에 보이지 않게 담겨
있는 숨은 뜻.

# 남한산성 城郭苦行성곽고행 III

城郭성곽 따라 둘레길을 거닐며


南漢山城남한산성 城門성문 밖 둘레길을 거니는 길
허물어져 다시 쌓은 색깔 다른 성돌[城石]들은
백제 돌 고구려 돌 신라고려 조선의 돌
戰亂전란에 시달렸던 백성들 苦難고난의 돌


百濟初期백제초기 쌓은 걸까 울퉁불퉁 自然石자연석은
南甕城남옹성 옆 쌓아 올린 1미터도 넘는 성돌
가파른 비탈길에 어떻게 옮겼는지
돌틈 속에 멈춘 시간, 백제 하늘 푸르다


五行相生오행상생 物理體得물리체득 天理천리로써 얻은 지혜
산세 따라 內城甕城내성옹성 빼어난 築城科學축성과학
文事武備문사무비 武事文備무사문비 남한산성 교훈 속엔
오랑캐도 꺾지 못한 三學士삼학사의 傲霜孤節오상고절


아무도 걷지 않는 둘레길 寂寞적막한 곳
칡넝쿨 찔레나무 覆盆子복분자 우거지고
反哺之孝반포지효 까마귀 높이 날며 우는 데

百濟人백제인의 자취 좇아 시간 속을 거닐도다

2016. 2. 4.

# 남한산성 城郭苦行성곽고행 IV

남한산성 축제


빗방울 떨어지는 남한산성 축제일

무당은 작두 타며 신령들을 부르는데

비를 타고 내려 온 辛卯신묘 丙子병자 戰亂전란[90] 귀신

무당의 넋두리에 함께 웃고 함께 우네


백성들의 애달픈 삶 古今四海고금사해[91] 일반이니

匹夫匹婦필부필부 죽음이야 그 누구가 기릴손가

君臣군신 함께 奮擊분격 떨쳐 죽기로 싸울 것을

어찌하여 松坡송파 벌에 三田渡碑삼전도비 치욕인가


聖君賢主성군현주 德目덕목은 輕金重士경금중사[92] 文武均衡


---

90  여러 전란 : 남한산성에서는 서기 辛卯년(신묘년·1231)과 壬辰年(임진
  년·1232) 몽골군을 방어했고, 병자호란(1636년) 때도 남한산성에서 방
  어전을 펼쳤다.

91  四海사해 : 여러 민족이 사는 천하 각처. "대왕께서는 미약하게 일
  어나셔서 포악한 逆天者역천자를 죽이고 사해[天下]를 평정하셨습니
  다.(大王起微細 誅暴逆 平定四海)"라는 내용이 『史記사기』〈高祖本紀고조본
  기〉에 있다.

92  輕金重士경금중사 : 재물을 가벼이 여기고 선비를 중하게 여김. 『吳

문무균형

새겨야할 역사교훈 눈을 감은 蒙昧愚君몽매우군

벼슬아치 부패함은 나라 망할 징조거늘

忠言逆耳충언역이 물리친 곳 甘言利說감언이설 달콤해라


殷은 高宗고종의 傅說부열처럼, 齊제 桓公환공의 甯戚영척처럼[93]

董狐동호의 直筆직필처럼, 太史氏태사씨 史筆사필처럼[94]

先公後私선공후사 淸廉賢士청렴현사 어느 때나 있으련만

慧眼혜안 열린 어진 군주 역사 속에 드물구나

---

越春秋오월춘추·句踐陰謀外傳구천음모외전 第九제구』에 ""대저 벼슬의 官位관위, 財物재물, 幣帛폐백 등 좋은 賞상은 君主군주된 이가 가벼이 여겨 아끼지 않는 것이며, 손에는 날카로운 창을 잡고 발로는 시퍼런 칼날을 밟으며 목숨을 베여 죽음에 몸을 던지는 것은 선비 된 이가 重중히 여기는 바입니다.(夫官位, 財幣, 金賞者, 君之所輕也. 操鋒履刀, 艾音刈命投死者, 士之所重也.)"라고 하였다.

93  傅說부열은 민간에서 벽돌을 쌓던 노동자였는데, 殷은나라 고종은 그가 賢者현자임을 알아보고 등용했다. 甯戚영척은 소를 키우는 牧夫목부였는데 齊제나라 桓公환공이 그 현명함을 알아보고 등용하였다.

94  董狐동호 : 춘추시대 晉진나라 史官사관. '董狐直筆동호직필'의 故事고사로 유명하다. 太史氏태사씨 : 춘추시대 齊제나라 사관. 제나라 재상 崔杼최저가 그 군주인 莊公장공을 죽이자 "최저가 그 군주를 弑害시해했다."고 썼다. 최저가 그를 죽이니 그 동생 또한 "최저가 그 군주를 시해했다." 쓰고 죽었다. 그 다음 동생이 다시 "최저가 그 군주를 시해했다."고 쓰자 최저도 더는 어쩌지 못하고 풀어 주었다.(大史書曰 崔杼弑其君 崔子殺之. 其弟嗣書而死者二人. 其弟又書乃舍之. 『春秋左傳』魯 襄公廿五年條)

역사는 반복되어 文弱문약한 性理空論성리공론[95]

매에 쫓긴 꿩의 수컷 머리만 처박듯이

남의 등에 업힌 임금 남한산성 숨어드니

국토는 蹂躪유린되고 백성은 버려졌네


千金천금으로 수십 년간 군사력을 備蓄비축함은

外侵國難외침국난 大備대비하여 백성을 지키는 것

漢陽潛入한양잠입 馬福塔마부대는 손금 보듯 엿보건만[96]

우왕좌왕 亡國君臣망국군신 忠臣諫言충신간언 외면했네[97]


여인들은 貞節정절지켜 바다속에 몸 던지고

피난하는 백성들은 추위 속에 굶주렸네

---

95 조선은 性理學성리학의 나라였다. 성리학은 조선의 찬란한 學問학문
과 문화를 꽃피우는 원동력이었지만 지나치게 성리학, 특히 經學
경학에 陷沒함몰됨으로써 道家도가나 法家법가, 陽明學양명학 같은 다
른 학설과는 담을 쌓게 되었고, 實學실학보다는 名分論명분론에 치
우친 空論공론으로 종래는 文弱문약한 나라가 되었다.

96 壬申日임신일[1636년 음력 12월 2일]에 청 태종이 조선 침공을 위해 出
兵출병한 후 癸酉日계유일[1636년 음력 12월 3일]에 청나라 馬福塔마부대
는 군사 삼백 명을 장사치로 꾸며서 몰래 조선의 한양에 들어왔
다.(『二十五史 淸史稿-太宗本紀 二』)

97 鄭蘊정온은 압록강 연안의 防備방비를 튼튼히 하고, 江華강화에 주둔
하고 있는 병력을 서북방면으로 이동시켜 방어진지를 구축하고, 임
금이 직접 開城개성에 進駐진주하여 軍民군민을 독려하는 방비책을 강
구하라고 仁祖인조에게 上疏상소를 올렸으나 받아들여지지 않았다.

殉節忠臣순절충신 위패 모신 顯節祠현절사와 精忠廟정충묘여!

쌍령전투 二千魂靈이천혼령[98] 九泉구천을 떠도누나


山城산성 솔숲 부는 바람 군사들 함성일까

내리는 빗줄기는 하늘 백성 눈물일까

虜賊노적[99]에게 죽음당한 원통하신 殉義魂靈순의혼령!

술과 음식 歆饗흠향하사 이 나라를 살피소서


2016. 10. 23. 14:30

---

98 『朝鮮王朝實錄조선왕조실록』仁祖인조 16년 음력 1월 15일자 鄭太和정태화의 馳啓치계에, "본도의 陜川협천·雙嶺쌍령·江都강도에서 전사한 자들이 도합 2천 6백여 명이니, 똑같이 휼전을 시행하는 것이 온당할 듯합니다."라고 하였는데 협천 전투는 우리가 승리한 전투이고, 강화 전투는 전투다운 전투조차 하지 못하고 점령당했으니 전사자도 그리 많지는 않았을 것이다. 병자호란 전사자 2,600여 명 중 협천전투와 강도전투 전사자를 제외하면 쌍령전투 전사자는 2천 명이 조금 넘을 것이다. 忠南충남 錦山금산에는 임진왜란 때 전몰당한 칠백 명의 군사를 기리는 '七百義塚칠백의총'이 있다. 廣州광주 雙嶺洞쌍령동 가마소[鼎沼]와 멀지 않은 곳에 위치한 精忠廟정충묘에는 勤王軍근왕군을 이끌고 왔다가 쌍령전투에서 전사한 몇 분 將帥장수의 위패를 모셨는데 너무도 초라하다. 국가 차원에서 예산을 배정하여 정충묘를 增修증수하고 2천 명의 英靈영령을 위한 殉義碑순의비라도 세워 후세를 위한 교훈의 장소로 삼아야 할 것이다.

99 虜賊노적 : 청나라 군사.

# IV

# 田園전원 閑雅吟한아음

『書經서경-無逸무일』에 "군자는 그 편안함을 그냥 누려서는 안 될 것이니 먼저 심고 거두는 것[농사]의 어려움을 알아야 한다(君子군자는 所其無逸소기무일이니 先知稼穡之艱難선지가색지간난이니라)"는 가르침이 있습니다. 우리는 흔히 '農者天下之大本농자천하지대본'이라고 하면서도 실제 농사의 가치나 중요성, 어려움에 대하여는 잊고 지내거나 잘 모르는 경우도 많습니다. 저 같은 사람이야 감히 군자가 될 수는 없겠습니다만 그래도 옛 聖賢성현의 가르침을 좇아 살다보면 군자는 아니라도 修身安分수신안분의 삶을 살 수는 있지 않을까 하는 것이 저의 愚見우견입니다. 「田園전원 閑雅吟한아음」은 제 고향 廣州광주에서 농사짓고 땀흘리는 중 陶淵明도연명의 '悠然見南山유연견남산'을 흉내낸 思惟사유의 자취입니다.

# 備耕비경

농사준비


殘雪桃園氷下春잔설도원빙하춘

흰 눈 쌓인 언 땅 밑에 봄은 왔는데


隣家喧婦問何事인가훤부문하사

수다스런 이웃 아낙 무슨 일 하냐 묻네


不是農婦焉知耕불시농부언지경

農婦농부 아닌 여인 어찌 농사일을 알리오


無言笑答應孝鳥무언소답응효조[100]

말없는 笑而答소이답[101]에 까마귀만 응하누나


庚子年경자년 陽曆양력 二月 十日


---

100 까마귀는 자라서 둥지를 떠나기 전, 며칠간 어미에게 먹이를 물어
다 奉養봉양하므로 孝鳥효조라고 한다. 까마귀가 새끼에게 먹이 받
아 먹는 것을 "안 받는다"고 한다.
101 笑而答소이답 : 그저 웃음으로 답함.

# 春雪煎茶춘설전다

봄눈 속에 차를 끓이다


霏霏春雪如梨華비비춘설여리화

펄펄 흩날리는 봄눈은 마치 배꽃 같은데


沸沸煎茶思淸話비비전다사청화

차 끓는 김 속에 淸談청담하던 옛 생각


獨坐書室尤懇情독좌서실우간정

홀로 서실에 앉았자니 벗들 생각 더욱 간절해


携瓶訪友着履靴휴병방우착리화

술병 들고 벗 찾아 신 신고 나서볼까


庚子年경자년 陽曆양력 二月 十六日

# 雨中桃園斷想 우중도원단상

急雨桃園求蟾仵 급우도원구섬오

소나기 퍼붓는 桃園도원 짝을 찾는 두꺼비


霑樹枝葉相戀烏 점수지엽상련오

비에 젖은 가지 끝 다정한 까마귀 한 쌍


煎茶忽然懇友情 전다홀연간우정

차 끓는 소리에 문득 벗들 생각 간절해


休而暫農携瓶瓠 휴이잠농휴병호

농사일 잠시 쉬고 술병 들고 나서볼까


庚子年 陽曆 七月 廿二日 草月 酸梨里 桃園에서

# 暗香戀情암향연정

洛誦夢中与裙子詩낙송몽중여군자시

낙송재의 꿈에 본 여인에게 주는 시


紅英暗香慕君傳홍영암향모군전

붉은 꽃잎 梅香매향을 살몃 님께 보내건만


地長岉峹疊疊連지장묘립첩첩련

길 멀어 멧부리만 첩첩이 이어졌네


靑宵斜影月白戀청소사영월백련[102]

푸른 봄밤 紅梅홍매 아래 달빛 그리움


萬里相思夢中見만리상사몽중견

萬里만리 두 그리움은 꿈속에서 만날거나


경자년 양력 유월 초사흘, 꿈에 어느 여인과 詩韻
시운을 주고 받다 깨었다. 첫 행과 둘째 행을 꿈속에서
지었고, 셋째 행과 넷째 행은 꿈을 깨고 일어나서 완

---

102 斜影사영 : 매화 그림자. 宋 林逋임포의 시 「山園小梅산원소매」에 "疏
影橫斜水淸淺소영횡사수청천"이라는 詩句싯구가 있다'.

성하였다. 옛사람에게 이런 일이 있었다는 말을 들은
것 같기는 하지만 나 자신이 이런 꿈을 꾸고나니 참
神異신이한 일이었다.

庚子年 陽曆 六月 三日

# 連雨憫情연우민정

日々急雨晝夜連일일급우주야연

매일 퍼붓는 비는 밤낮을 가리지 않는데

滔滔滾滾慶安川도도곤곤경안천

慶安川경안천은 滔滔도도히 흐르고 또 흐르네

君子行觀大水然군자행관대수연[103]

君子군자는 큰물이 있으면 가서 살펴본다지만

---

103 물은 쉬지 않고 두루 흘러 뭇 생명을 살리면서도 티를 내지 않으니 대저 물은 德덕과 같다. 아래로 흘러 낮게 굽이치면서도 반드시 그 이치를 따르니 이는 義의와 같다. 浩浩蕩蕩호호탕탕하게 흘러 굽히지도 마르지도 않으니 이는 도와 같다. 흘러가면서 백척 골짜기라도 두려워하지 않으니 이는 용맹함과 같다. 量양이 차면 반드시 평평해 지니 이는 법과 같다. 가득차서 깎아내지 않아도 고르게 되니 이는 바른 것이다. 어느 곳이나 스며드니 이는 살피는 것과 같다. 發源발원하면 반드시 동쪽으로 흐르니 이는 굳은 뜻과 같다. 나가고 들어옴에 만물이 化育화육되니 이는 敎化교화를 잘하는 것과 같다. 물의 덕은 이와 같으니 이런 까닭에 군자는 큰물을 볼 때 반드시 살펴보는 것이다.(『孔子家語·三恕第九』)

水災民憂侵水見수재민우침수견

물난리 민초들은 侵水침수 근심만 가득하네

庚子年 양력 8월 8일 廣州 元堂里 경안천에서

# 慶安川哀吟경안천애음 Ⅰ

武漢疾因世態譁무한질인세태화

우한 폐렴 때문에 人間事인간사 뒤바뀌어


覆臉眼開憚人過복검안개탄인과

가린 뺨 눈만 빼꼼, 남을꺼려 지나치네


慶安川逕無人迹경안천경무인적

慶安川경안천 산책길엔 인적마저 끊겼는데


唯開歡我嬰屎花[104]유개환아영시화

홀로 피어 나를 반기는 애기똥풀아


庚子年 陽曆 九月 廿日입일-20일 경안천 산책 중


---

**104** 嬰屎花영시화 : 애기똥풀의 漢字名한자명은 '白屈菜백굴채', '斷腸草단
장초' 등인데, 애기똥풀을 한자로 訓譯훈역한 것.

# 慶安川哀吟경안천애음 II

滾滾流水依舊演곤곤유수의구연

滾滾곤곤히 흐르는 물은 依舊의구하건만

慶安川灘游鷺穊경안천탄유로연

慶安川경안천 여울목엔 백로들만 노니누나

走步散人何處隱주보산인하처은

뛰고 걷던 사람들 모두 어디로 숨었는지

獨也步步悽凄然독야보보처처연

홀로 딛는 걸음마다 슬프고 쓸쓸해라

庚子年 陽曆 九月 廿日입일-20일 경안천 산책 중

# 秋戀 추련

無鳴寂寞桃園傍 무명적막도원방

새도 울지 않는 빈 도원 한쪽에

秋菊滿開誰戀望 추국만개수련망

국화는 활짝 피어 누굴 그려 기다리나

情人恨別萬里邦 정인한별만리방

님은 애닯게 헤어져 만리 타향 계신데

花香風載杳遐放 화향풍재묘하방

꽃향기 바람결에 멀리 날려 보내네

庚子年 양력 9월 16일 廣州 酸梨里 桃原에서

# 古稀新迎고희신영
칠십세 새해맞이


送年除夕又新迎송년제석우신영

한 해를 보내며 또 새해를 맞는구나


自呱至今何事成자고지금하사성

태어나서 지금까지 무엇을 이뤘는지


吾志今是猶七冲오지금시유칠충

아직도 내마음 일곱 살 소년 같건만


夢中古稀白髮盛몽중고희백발성

꿈결속 칠십늙은이 백발만 盛盛성성하네


庚子年除夕(음력 十二月 三十日
洛誦齋主人 識지)

# 與於外孫韓山李君俊馥詩
여어외손한산이군준복시

외손 준복에게 주는 詩


胤緣孫兒銀漢降윤연손아은한강

귀한 인연 우리 손자 銀河은하 건너 내려올 때


欣然拜禮麻姑神흔연배례마고신

우리들 기쁨 넘쳐 삼어미께 拜禮배례했지[105]


外祖希願孫兒健외조희원손아건

외조부모 바람은 네 몸 부디 건강하며


才智明敏篤友愛재지명민독우애

지혜 밝고 형제 우애 敦篤돈독한 것이란다


聰眼丹脣雅纖手총안단순아섬수

총명한 눈망울에 붉은 입술 고운 손

---

**105** 麻姑神마고신 : 아기를 점지하는 '삼어머니'. '삼'은 '스승으로 삼다' 처럼 인연을 이어 만든다는 뜻.

秀也智者貴人相수야지자귀인상

俊秀준수함과 지혜로움 貴人귀인의 상이로다


備者萬物無何有비자만물무하유

이 세상 만물과 무하유[106]는 너를 위한[107] 것이어니


似蘭斯馨成君子사란사형성군자

걸음마다 향기 품어 군자의 길 이루거라[108]


庚寅年경인년[2010년] 陽曆양력 四月사월
十有二日십유이일
준복의 두 번 째 돌날 外祖父외조부 識지

---

106 無何有무하유 : 토머스 무어의 '유토피아'와 같은 개념. 人爲인위가 없
　는 자연 그대로의 세계이므로 무엇이든 시도할 수 있고 이룰 수 있
　는 무한 가능의 세계. 『莊子장자』「應帝王응제왕」편에 나오는 말이다.
107 萬物備汝만물비여 : 이 세상 만물이 너를 위해 준비되어 있다는 뜻.
　『孟子맹자』「盡心章句진심장구 上상」에, "萬物皆備於我矣만물개비어아
　의"라고 해 있는데 "이 세상 만물은 모두 나를 위해 준비되어 있
　다"는 뜻.
108 『千字文천자문』"似蘭斯馨사란사형 如松之盛여송지성-난초 같은 향기
　를 퍼뜨리며 소나무 같이 꿋꿋함."

# 孫兒손아 圭善규선 탄생에 부쳐

癸巳正月계사정월 스무사흘 瑞氣淸香서기청향 午時오시 正
明정명[109]

양력으론 삼월사일 열두 시 오십삼 분

봄물 풀려 해적이며 개여울에 흐르고

甘雨聲감우성에 雪中梅설중매 꽃망울 터지던 날


하느님이 놓아주신 天倫천륜 인연 다리 건너

우리 아가 이 세상에 귀한 걸음 내디딜 때

으아앙! 洪鐘홍종같이 우렁찬[110] 呱呱聲고고성에

바닷물 춤을 추고 天池천지 물도 출렁였지


漢拏白頭한라백두 봄소식도 축복하며 반기는 듯

未知미지의 앞날 속에 꿈의 나래 편다는 것

---

109 瑞氣淸香서기청향 : 상서로운 기운과 맑은 향기가 서림. '正明'은 '正
大光明정대광명'인데 '크고 밝다'는 뜻. '公明正大공명정대한 聖賢성현
의 마음'이라는 뜻도 있다.
110 규선이 태어날 때 '으아앙' 소리내며 유독 우렁차게 울었다.

네 生생 앞에 펼쳐진 무한 가능 無何有무하유[111]는
얼마나 아름답고 驚異경이로운 축복이냐


고맙고 기꺼워라 文昌星문창성[112]이 應身응신[113]한 듯
瑞玉서옥 같이 맑은 웃음 孝子童효자동이 君子童군자동[114]아
似蘭斯馨사란사형[115] 걸음마다 향기 가득 머금어서
仁義禮智인의예지[116] 修身安分수신안분[117] 人之垂範인지수범[118]
하여다오


2014. 3. 4. 첫 돌날 子正자정 할아버지가

---

**111** 無何有무하유 : 토머스 무어의 '유토피아'와 같은 개념. 人爲인위가
없는 자연 그대로의 세계이므로 무엇이든 시도할 수 있고 이룰 수
있는 무한 가능의 세계. 『莊子장자』「應帝王응제왕」편

**112** 文昌星문창성 : 학문을 맡아 다스린다는 北斗七星북두칠성의 여섯 번
째 별.

**113** 應身응신 : 하늘의 별이 사람의 몸을 빌어 내려오는 것.

**114** 君子童군자동 : 열심히 학문을 갈고 닦아 인품이 훌륭한 군자가 되
어 달라는 뜻을 담아 '군자동'이라고 썼다. 보통은 금처럼 귀하다
하여 '金子童금자동'이라 하지만, 사람이 재물 따위에 비교될 수는
없다.

**115** 『千字文천자문』 "似蘭斯馨사란사형 如松之盛여송지성-난초 같은 향기
를 퍼뜨리며 소나무 같이 꿋꿋함."

**116** 仁義禮智인의예지 : 어질고, 의로우며, 예절 바르고, 지혜로운 것.

**117** 修身安分수신안분 : 몸과 마음을 수양하고 본분을 지키는 것.

**118** 人之垂範인지수범 : 남의 모범이 되는 것.

# 만난 적 없는 벗
## 田琦전기에게 띄우는 편지[119]

조선후기는 中人중인 출신의 문인과 화가들이 많이 활동한 시기였다. 이들은 저마다 詩社시사를 만들어 交遊교유하며 閭巷文學여항문학과 예술을 꽃피웠는데 田琦전기 (1825~1854)는 柳最鎭유최진(1791-1869)이 만든 碧梧社벽오사를 중심으로 趙熙龍조희룡(1780~1866), 劉在韶유재소(1829~1911), 劉淑유숙(1827~1873) 등과 교유하였다.

田琦전기의 본관은 開城개성이고 초명은 在龍재룡이며, 호는 古藍고람이다. 전기의 풍모에 대하여 조희룡의 『壺山外史호산외사』에는, "풍채가 헌걸차고 수려하며, 그윽한 성품의 예스러운 韻致운치는 晉진·唐당의 그림 속에 나오는 인물과 닮았다. 山水煙雲산수연운을 그리면 쓸쓸하고 적막한 담박함이 문득 元나라 사람의 妙境묘경에 들어간 것 같으니, 그 筆意필의는 우연히 도달한 것으로 元人[120]의 畫法화법을 배워서 여기에 이른 것이 아니다. 시를 지으면 奇異기이하

---

119 이 글은 夭折요절한 조선 후기 화가 田琦전기의 그림 '溪山苞茂圖계산포무도'를 감상하며 필자가 쓴 斷想단상이다.
120 元人 : 원나라 화가 倪瓚예찬을 말한 것.

고 深奧심오했는데, 남의 시에 한번 표현한 말은 차용하지 않았다. 전기와 같은 眼目안목과 筆力필력을 가진 이가 鴨綠江압록강 동쪽에는 없었으나 30세에 병들어 죽었다. 그의 詩畵시화는 當世당세에 짝이 적을 뿐 아니라 上下상하 100년을 두고 논할 만하다"[121]고 하였다.

너무도 아까운 나이에 요절한 천재 화가 田琦전기!

그의 溪山苞茂圖계산포무도는 渴筆갈필(거친 붓)로 일필휘지하여 속도감 있게 그려냈다. 몇 번의 붓질로 거칠게 그려냈어도 있을 것은 다 있고 갖출 것을 다 갖춘 최상의 격을 갖춘 전기의 대표작이라 할만하다. 秋史추사의 '歲寒圖세한도'는 국보 제180호로 지정되어 있는데, 孫在馨손재형(1903~1981)이 태평양 전쟁 말기, 일본의 후지츠카 치카시[藤塚隣]를 찾아가 세한도를 찾아오는 과정이 드라마틱한 스토리텔링으로 전해지면서 전설이 되다시피 했지만, 작품성으로만 놓고 보면 이 계산포무도 역시 그에 못지 않은, 어쩌면 더 뛰어난 작품이라는 것이 나의 개인적 소견이다.

특히 조희룡은 전기를 무척 아꼈는데, 『石友忘年錄석우망

---

121 『壺山外記호산외기』「田琦傳전기전」(『趙熙龍全集조희룡전집』 실시학사 고전문학연구회, 1999. 09. 30. 한길아트) 原文원문 p.78.

년록』에 전기의 작품인 '羅浮楳花圖나부매화도'에 대하여 아래
와 같은 감상문을 남겼다.

"일찍이 金埜雲김야운의 집에서 古藍고람의 '羅浮楳
花圖나부매화도' 여덟폭 큰 병풍을 보았다. 邱壑淸眞구
학청진한 가운데에 만 그루의 매화가 빽빽하게 얽히고
비치어 사람으로 하여금 香雪海향설해 속에 들어가게
하였다. 그의 담박하고 浩蕩호탕하며 빼어난 붓이 이
런 경지에 이른 것을 알지 못하였다. 하늘이 만약 몇
해만 더 빌려주었더라면, 시와 그림이 크게 나아가
장차 그 끝을 아지 못했을 것이니, 슬프다! 옛사람에
비긴다면 李長吉이장길[122]과 같겠구나."[123]

계산포무도에는 우선 정겨운 사람 냄새가 있다. 그림의
前面전면에는 아담한 집 두 채가 정겹게 자리잡고 있다. 線描
선묘로 보아 高臺廣室고대광실 기와집은 아니고, 강에 기대 살
아가는 漁夫어부나 작은 논밭을 일궈 살아가는 농사꾼의 草
家초가다. 가난하지만 자연 속에서 天眞천진을 품은 채 無爲무

---

122 李長吉이장길 : 盛唐성당의 천재시인 李賀이하. 젊은 나이에 요절했
    지만 그 시는 이백을 능가할 만큼 뛰어나다는 평가를 받는다. 〈將
    進酒장진주〉가 유명하다.
123 『石友忘年錄』(실시학사 고전문학연구회, 1999. 09. 30. 한길아트) p.197.

위롭게 살아가는 사람들의 숨결이다. 집 왼쪽에는 세한도의 松柏송백 못지않은 꿋꿋함으로 세찬 바람을 견디고 있는 風竹풍죽 몇 그루가 剛直강직한 기개로 버티고 서 있다. 오른쪽의 키큰 나무는 화면을 꽉 채우면서도 답답함이 없다.

田琦:溪山苞茂圖作於隔僻是宝 己酉七月二日 獨坐 - 紙本水墨, 24.5×41.5cm, 국립중앙박물관

집 앞에는 智者지자의 상징인 물이 있다. "智者樂水지자요수"라고 하지 않았는가. "자신이 이미 天理천리를 알고 있다는 것조차 모르는 사람"이야말로 진정한 智人지인이라고 할 수 있을게다. 일부러 수평선을 그리지 않았어도 그림을 보는 이는 고요한 水面 위의 갈대 모습에서 물이 꽤 깊다는 것까지 알 수 있다. 孝子효자를 위해 자기 몸을 바쳤다는 잉어도 갈대 사이로 유유히 떼를 지어 헤엄치고 있을게다. 건

너편 산은 濃淡농담의 붓질 몇 번으로 멀고 가까운 골짜기까지 섬세하게 표현했다. 저 골짜기 속에는 토끼와 고라니가 뛰어다닐 테고 늑대도 배고픔을 참고 어슬렁거리고 있을게다. 까마귀도 깃을 웅크린 채 나뭇가지에 졸고 있겠지.

이 그림에서 가장 멋진 것은 아무렇게나 쓴 듯 써내려간 畫題화제다. 그림의 제목은 '溪山苞茂圖계산포무도'라 썼고, 그 밑에 '作於隔辟是宝작어격벽시보 己酉七月二日기유칠월이일 獨坐독좌'라고 썼다. "계산포무는 溪山계산에 초목이 우거진 풍경"이라는 뜻이다. 田琦전기가 北宋북송 范寬범관의 '溪山行旅圖계산행려도'를 보았는지 알 수 없지만 畫風화풍이 전혀 달라서 '계산행려도'와는 연관성이 있어 보이지 않는다. "己酉年기유년 7월 2일에 隔辟是宝격벽시보에 혼자 앉아 그렸다"고 했으니 1849년에 외진 곳 허름한 茅屋모옥에서 그렸다는 뜻이요, 田琦전기의 나이 스물다섯살 때다. 그림도 巧技교기라곤 찾아볼 수 없는 古拙고졸한 秀作수작이지만 畫題화제야말로 정말 俗氣속기 하나 없이 拙朴졸박하게 잘 썼다. 이것이 정말 스물다섯 청년의 그림이요, 글씨란 말인가.

아아! 바람은 왜 이렇게 차가운가.

나는 갈대 사이에 서걱이는 바람소리를 들으며 먹을 갈아 내 친구 田琦전기에게 편지를 쓴다.

"오랫동안 소식 傳전치 못했네. 그동안 康寧강녕하셨는가.

나 또한 무탈하기는 하네만 요즘은 나이들어 가는 탓인가 가끔 바람이 세차면 기침이 터져 나와 힘들 때도 있다네. 지난번에 보내준 자네의 '溪山苞茂圖계산포무도'는 이빨 시리도록 淸淨청정한 潔氣결기로 내 마음을 비추어, 마치 자네의 그 수려한 모습과 豪宕호탕한 성품을 마주하고 앉은 듯 매일 같이 그림을 바라보며 이야기를 나눈다네. 내가 이 그림을 받은 것은 내게 최고의 眼福안복일세 그려.

이곳은 산이 깊으면서도 너른 들이 있고, 悠長유장한 慶安川경안천도 滾滾곤곤히 흘러 꽤나 운치가 있으니 나 같은 농사꾼에게는 하늘이 주신 田莊전장이요, 몸 붙일 터전이라네. 얼치기 농사꾼이긴 하지만 『書經서경』의, '君子군자는 所其無逸소기무일이니, 先知稼穡之艱難선지가색지간난이니라'는 구절을 되뇌이며 땀을 닦곤 한다네.[124] 無逸篇무일편의 가르침은 내가 盛唐詩人성당시인 李紳이신의 '憫農민농'이라는 시를 자주 읊조리는 까닭이기도 하다네. 憫農민농에는 뜨거운 뙤약볕 아래서 농사에 땀흘리는 농부의 모습과 먹는 것의 귀함을 가르치는 내용이 逼眞핍진하게 담겨서 언제 읊조려도 감동적이라네

---

124 君子所其無逸 先知稼穡之艱難 : 군자는 그 편안함을 그냥 누려서는 안 될 것이니, 먼저 심고 거두는 것(농사)의 어려움을 알아야 한다.(『書經서경』「無逸무일」)

鋤禾日當午 서화일당오

한낮에 논을 매는 데

汗滴禾下土 한적화하토

땀방울 흘러 벼포기 아래 떨어지네

誰知盤中飧 수지반중손

누가 알리오 저녁상에 오른 밥

粒粒皆辛苦 입립개신고

한 알 한 알마다 농부의 수고로움 스며있음을

　나같은 사람이야 어찌 군자가 될 수 있겠는가마는, 군
자는 못 될지언정 몸소 땀 흘려 밭 일궈 씨를 뿌리고, 거름
주어 농작물 기르는 생활을 하다보면 옛 聖賢성현의 가르
침에 조금은 다가가며 修身安分수신안분 할 수는 있지 않을
까 하는 것이 이 어리석은 벗의 소박한 바람이라네. 일을
하다가 힘들어 밭머리에 있는 나무 그늘에 아무렇게나 누
워 깜박 잠들었을 때는 잠이 정말 달고 맛있다네.

　농사일이 힘들기는 하지만 정겨운 이웃들이 있어 삶의
고단함과 즐거움을 나누어 갖는 것도 이곳 생활이 가져다
주는 기쁨이라네. 논밭에서 일을 하다가 새참으로 먹는 밥

한 그릇과 아욱국이 얼마나 맛있는지 자네는 모를걸세.

아낙네들이 모여 앉아 큰 양푼에 보리밥 넣고 고추장에 비벼 여럿이 퍼먹는 그 정경을 자네 보았는가. 이웃 농사꾼들과 둘러앉아 땀을 닦으며 열무김치를 안주로 하여 마시는 막걸리 한 사발의 맛을 자네 아는가? 옆집 아낙네가 가져다 준 찐 고구마에 담긴 정을 자네 아는가.

글 모르는 이웃집 아이들에게 천자문이나마 깨쳐주는 이 기쁨이야말로 孟子맹자의 君子三樂군자삼락 중 하나가 아닐까 생각하며 싱긋 웃을 때도 있다네.

그런데 농사를 짓다 보면 늘 멋진 田園夢想전원몽상만 있는 것은 아니라네. 가물면 가물어서, 장마가 지면 장마가 져서 걱정을 놓을 때가 없는 것이 농사짓는 일이기도 하다네. 어느 해인가는 넉 달 넘게 비가 오지 않아서 다섯 자를 파내려가도 먼지만 풀풀 나던 해도 있었고, 올해는 너무 오랫동안 장맛비가 퍼부어서 농사꾼의 애를 태우기도 했다네.

**連雨憫情**연우민정


日々急雨晝夜連일일급우주야연

매일 퍼붓는 비는 밤낮을 가리지 않는데


滔滔滾滾慶安川도도곤곤경안천

慶安川경안천은 滔滔도도히 흐르고 또 흐르네


君子行觀大水然군자행관대수연[125]

君子군자는 큰물이 있으면 가서 살펴본다지만


---

[125] 물은 쉬지 않고 두루 흘러 뭇 생명을 살리면서도 티를 내지 않으니 대저 물은 德덕과 같다. 아래로 흘러 낮게 굽이치면서도 반드시 그 이치를 따르니 이는 義의와 같다. 浩浩蕩蕩호호탕탕하게 흘러 굽히지도 마르지도 않으니 이는 도와 같다. 흘러가면서 백척 골짜기라도 두려워하지 않으니 이는 용맹함과 같다. 量양이 차면 반드시 평평해 지니 이는 법과 같다. 가득차서 깎아내지 않아도 고르게 되니 이는 바른 것이다. 어느 곳이나 스며드니 이는 살피는 것과 같다. 發源발원하면 반드시 동쪽으로 흐르니 이는 굳은 뜻과 같다. 나가고 들어옴에 만물이 化育화육되니 이는 敎化교화를 잘하는 것과 같다. 물의 덕은 이와 같으니 이런 까닭에 군자는 큰물을 볼 때 반드시 살펴보는 것이다.(『孔子家語-三恕第九』)

水災民憂侵水見수재민우침수견[126]

물난리 민초들은 侵水침수 근심만 가득하네

庚子年경자년 양력 8월 8일
退村퇴촌 元堂里원당리 경안천가에서


　그래도 사람 사는 일이 늘 걱정만 있기야 하겠는가. 가끔 농사일을 놓을 때면 강가를 거닐며 詩를 읊조리기도 하고 서걱이는 갈대와 이야기를 나누기도 한다네. 물가에 날아와 어정거리는 백로며, 헤엄치는 오리들은 가까이 가도 날아가지 않는다네. 나만이 즐기는 인생의 운치로세.

　자네가 와서 우리 두 사람이 詩韻시운을 주고받으며 강가를 거닐면 아마 저 새들도 자네를 무척이나 반길걸세. 날이 풀리거든 꼭 한 번 걸음해 주시게나. 집사람 막걸리 담는 솜씨야 자네도 잘 아시는 터, 잘 익은 막걸리에 쏘가리 몇 마리 준비해 놓겠네.

　이곳보다야 덜 춥겠지만 그곳도 겨울날씨야 만만치 않을 테지. 부디 몸 살피시게나. 형수님께도 안부 전해주시게."

---

126 마지막 글자 '見'은 '보다'라는 뜻이 아니고 '(水災수재를)당하다'라는 '被動詞피동사'로 쓴 것이다.

아하! 얼마만에 써보는 편지인가.

옛사람 田琦전기를 친구 삼아 편지를 쓰면서 정말로 이렇게 눈물이 핑 도는 것은 벗에게 편지 한 장 쓸 여유마저 없을만큼 내 마음이 삭막해졌음을 새삼 느끼기 때문이겠지. 편지를 다 쓰고 다시 그림을 들여다본다.

颯爽삽상하다.

이 글은 오래전 田琦전기의 '溪山苞茂圖계산포무도'를 보며 썼던 글인데, 2020년 여름에 쓴 漢詩한시〈連雨憫情연우민정〉한 首수를 추가하였다.

紀元기원 4341년(2008) 양력 1월 17일
洛誦齋主人識낙송재주인지

# V

# 錦繡山河哀泣血

### 금수산하애읍혈

# 丹脣思母慟絶吟

### 단순사모통절음

「學徒兵학도병 哀歌애가」는 학생신분으로 6·25 전쟁에 군번도 없이 參戰참전하여 스러져간 어린 학도병을 기리기 위해 제가 군 생활할 때 썼던 敍事詩서사시인데, 첫 시집 『思惟사유의 뜨락에서』에 수록했던 것을 영문으로 번역하여 이번에 다시 수록하였습니다. 章題장제 (chapter heading)인 "錦繡山河哀泣血금수산하애읍혈 丹脣思母慟絶吟단순사모통절음"은 "同族慘禍동족참화로 우리 江山강산이 피로 덮이고, 학도병이 마지막 죽음의 순간에 그 붉은 입술로 울음을 삼키며 불렀을 어머니를 향한 그리움"을 漢文한문으로 縮約축약해 표현한 것입니다. '丹脣단순'은 "앳된 젊은이의 붉은 입술"이며, '絶吟절음'은 "죽어가면서 남긴 呻吟신음에 가까운 독백" 정도의 뜻으로 이해하시면 되겠습니다.

# 學徒兵학도병 哀歌애가
## Lamentations of Student Soldiers

### I

그들은 아직 어린 학생이었다
They were young and only students.

깊은 눈동자는 호기심에 빛났고
Their serious eyes were shining with curiosity,

가슴엔 꿈과 낭만, 정열이 활활 타오르고 있었다
And their hearts were throbbing hard, with aspi-rations, romantic ideals, and passion.


그들은 무엇이든 묻기를 좋아했고
They liked asking questions for everything,

낙엽 쌓인 숲을 거닐며
Taking a walk in the forest of fallen leaves

구르몽의 詩句시구를 읊조리기도 했다
Quoting the lines of de Gourmont.


마로니에 길 걷기를 좋아했고
They favored strolling down between the Marro-nnier trees,

제가끔의 理想이상을 좇아
Searching for ideals of their own,

校庭교정에서 자유롭게 토론했다
Discussing without constraint at school.

로미오와 줄리엣의 사랑을 안타까워했고
They felt tragic for the love of Romeo and Juliet

초록재 다홍재 설화에 애달파 했으며[1]
Sympathised to the story of Green and Scarlet Ashes,

---

1  '초록재 다홍재' 설화는 전북 고창 지방에 口傳구전되어 오는 설화를 徐廷柱서정주 선생께서 『질마재 神話신화』라는 시집에서 '新婦신부'라는 제목의 시로 昇華승화시킨 것이다. 서정주 선생 이전부터 전해져온 설화임을 확인해 준 고창 군청 문화과의 柳英蘭유영란 선생에 따르면 2000년대 초반까지도 전라도 지역 新婦신부의 옷차림은 초록 저고리에 다홍색 치마였다고 한다. The story of 'Green and Scarlet ashes' was a poem in Seo, Jeong-ju's book of poetry, The Myth of Jilmajae (『질마재 신화』). The story is originally a local fable, which was orally transmitted in Gochang County, Jeonbuk Province. Seo, Jeong-ju has elevated this old fable into a poem. According to Yu, Yeong-Ran (柳英蘭) in the Culture and Tourism department of Gochang County, who identified the history of this fable, it was a local tradition for wedding, to dress bride in green jeogori (upper garment of Korean traditional clothes) and scarlet skirt, and this continued to the early 2000's.

독재자들의 포악한 역사에 분노했다
Raged against the cruel dictatorship in history.


Ⅱ

산꿩조차 깃을 묻은
When the wild pheasants took their rest

어느 부슬비 내리는 새벽
At dawn of drizzling rain

으르렁 거리는 野獸야수의 咆哮포효처럼
Like bellowing of fauves, growling,

굉음을 내며 달겨드는 T34 전차의 砲聲포성은
Roaring of guns, screeching sound of tank T34,

惡龍악룡의 狂氣광기로 휴일 하늘을 갈갈이 찢어놓았다
They tore down air of Sunday apart with madness of a evil dragon.


아나운서는
An anchor

다급한 목소리로 뉴스를 전하고
Delivered the news in an urgent voice

신문팔이 소년들은 號外호외를 외치며 뛰어다녔다
Newsboys ran and shouted "News!"

공포! 침묵! 미칠 듯 가라앉은 騷擾소요!
Horror! Silence! Agitation in maddening stillness!


군인들은 전선으로 전선으로 떠나가고
Soldiers departed to the front and to the battlefield,

걱정하지 말라는 정부의 라디오 방송에도
Despite the word of "Don't worry" from the govern-ment
radio,

사람들은 우왕좌왕 어쩔 줄 몰라했다
People were lost and frustrated.


전선으로 떠난 병사들은 소식이 없고
There was no news from the soldiers in the front,

거리에는 앰뷸런스 소리 요란한데
The siren of ambulance was filling the street,

오래지 않아 포성은 점점 남쪽으로 가까워졌다
Not so long, the bombarding came close down to the south.


사람들은 서둘러 짐을 챙기고
People rushed to pack their households,

하나둘 정든 집을 버리고 남쪽으로 떠나갔다
One by one, left their place and moved down to south.

학교는 군인들의 막사가 되고
School became the barrack of solders,

기약 없는 휴교조치가 내려졌다
Issued to be closed without knowing the end.

선생님들도 하나 둘 피난길을 떠났다
One by one, teachers left for refuge as well.

어제는 韓한 선생네가 떠났고
Yesterday, it was the teacher Han's family.

오늘은 金김 선생네가 떠나갔다
Today, it was the Kim's.


그들은 이제껏 느껴보지 못한
They came to have the newest feeling,

學業학업에의 강한 애착을 느꼈다.
The strong attachment to school study.

졸립도록 지겹던 탈레스[2]나 플라톤도
Even the most boring, doze-welcoming Thales and Plato,

---

2   Thales (BC624~BC545년 경) : 그리스의 수학자이자 철학자. 밀레토스
    학파의 창시자. A pre-socratic Greek Philosopher and mathemati-
    cian. He was the father of the Milesian.

이제는 재미있게 이해할 수 있을 것 같았다
Now all seemed interesting and understandable.


그러나 그들은 배웠다.
They had learned, however.

공부보다 자유가, 학교보다 조국이
Liberty over study, nation over school,

理想이상 속의 그 무엇보다 소중한 것이라고
The most precious ones than any others ideals, those are.


누구의 先唱선창이었나.
Who was it to call first.

그들은 학교 운동장에 하나둘 모여
One by one, they gathered at school playground,

隊伍대오를 짓고 校歌교가 부르며
In rows and lines, singing school song,

전선의 군인들을 돕고자 입대를 했다
Joined the army to aid soldiers in the front.


이름하여 學徒義勇兵학도의용병!
As known as student-volunteer soldiers!

무거운 총대는 너무 길어 땅에 닿을 듯 했고[3]

Gunfires were too heavy and almost touched the ground,

모자에 단 校標교표는 햇빛을 받아

School badges on berets were under the sun

이날따라 더 반짝거렸다

Shining more bright than ever.


## III

제도의 탓인가.

Was it the system,

이념의 탓인가.

Or the ideology to blame?


인간의 역사가 시작된 이래

Since the human history,

---

3  『戰歿學徒名單전몰학도명단』(檀紀단기 4290년 6월 15일 中央學徒護國團중
   앙학도호국단 刊行간행)에는 중학생도 상당히 여럿 포함되어 있다.
   According to List of Students Killed in Battle (戰歿學徒名單), which
   was published June 15th in 1957 (4290 in Dangun Calendar) by Chung-Ang
   Hakdo-hogukdan (中央學徒護國團), a number of middle school students
   were included as well.

역사의 페이지는
All the pages of history

온갖 전쟁으로 點綴점철돼 왔고
Covered with wars every kinds then,

그 때마다 역사의 제단에는
Each time, on the altar of that history,

젊은 생명들이 제물로 바쳐졌다
Lives of youth were offered as sacrifice.


신들은 인간의 욕망과 갈등을 부추기고
Gods and goddess encourage human's greed and conflict

짐짓 의로운 絶對者절대자로 군림하며
Disguising as a fair One, the Lord of the world

개미의 전쟁을 들여다보는 局外者국외자가 되어
Being as outsiders who watch over the war of ants

자신의 꼭두각시가 된 인간들의 전쟁을 즐긴다
Enjoying the war of humans, their puppets.

전쟁의 불꽃은 신들의 폭죽이 되어
Fires of war become gods' fireworks,

감히 신과 동급이 되려는
Human-beings who dare to desire of being gods

인간의 문명과 문화를 무자비하게 짓뭉개 버린다
Gods punish them cruelly by crushing human civilization and culture.


인간의 전쟁을 바라보는
Watching over the war of humans,

의미를 알 수 없는 신의 미소!
That indecipherable smile of gods!


역사 속에서
In the history

신의 이름으로 恣行자행된 무자비한 학살들
Brutal genocide in the name of a god.

그것은 신의 遊戲유희였던가
Was a game of a god,

아니면 인간의 原罪원죄에서 비롯된 業報업보였던가
Or the punishment for man's original sin.

학살 당한 이들의 신은 누구였던가
Who was the god of the dead who brutally slaught-ered.


저마다 神신을 향해 부르짖지만
Each calls for God in desperate,

나의 신과 적의 신은 다른 것인가
Though is your god is different from mine?

인간 세상이 없다면 신도 존재 의미를 잃는데
If no man in the world, there is no reason for God to exist as
well.

네편 내편 구분하는 이가 정말 온전한 신인가
Is a god truly decent, when it divides sides between us?

인간처럼 편 가르기 하는 신이라면 섬길 가치가 있기는
한 것인가
Does a god deserve our worship, when it separates sides as
human does?


IV

그들은 戰線전선에 도착하자
When they reached to the front,

말로만 듣던 전쟁의 공포를 온몸에 느끼었다.
With all senses, they felt the horror of war they had heard.


彼我間피아간 총소리와 포성은 고막을 흔들고
On both sides, the sound of gunfire and bombs thundered.

여기저기 널려 있는 무수한 彈皮탄피들
Here and there, countless bullet-shells.

앞을 가리는 화약 연기와 매캐한 냄새
Blinding smokes and burning fumes of fires.


누가 옳고 누가 그르든
Right or wrong, whoever it was,

인간의 존엄이라고는 찾아볼 수 없는
Where existed none of dignity of human-beings,

그곳은 처참한 살육의 현장이었다.
It was the slaughter field of brutality.


人間事인간사와 무관하게
Unlike the real world,

밤이 되니 달은 여전히 떠오르고
As night comes, rises the moon.

어디선가 소쩍새 소리도 들려왔다
Calling of owls was heard as well somewhere.


옷은 축축하게 이슬에 젖어들고
Clothes were damped cold with dew,

낭만스럽던 밤은 불안과 공포를 안겨주는 감옥처럼 변했다.
Idyllic night turned into a jail of fear and horror.

이름 모를 벌레 소리는
Sounds of unknown insects,

고요한 정적을 더해주고
Added the stillness of silence,

희미한 조각달은 고향에의 향수를 불러일으켰다.
Pale new moon recalled the nostalgic memory for home.


어머니는 주무실까.
Mother, is she sleeping?

동생들이 보고 싶다.
Younger brothers, I miss your faces.

괜한 일로 얼러대고 울려주었다.
I had scolded and nagged you for nothing.

돌아가면 더 좋은 형, 좋은 오빠가 되어줄 수 있을 것 같다.
When I come back, I could be a better elder broth-er to you all.


그러나 악마와 같은 전쟁의 神신은
Devious god of war though,

밤의 고요와 평화를 버려두지 않았다
Never left peace and calm of night go on.

夜陰야음을 틈탄 기습전이 벌어지고
Under darkness, an sudden attack was occured,

여기저기 폭음과 불빛이 번쩍거렸다
Here and there, fires and bombs exploded.

피아간에 쏘아대는 박격포탄이
Mortar fires of both sides were

앞에, 뒤에, 옆에, 건너편 등성이에
Toward and behind, to the side and over of us,

흙먼지 일으키며 작렬했고
Flourished with veiling dust.

요란한 총성은 온 산하를 울렸다
Gunfires thundered mountains and rivers.


그들은 어떨결에 총을 잡고
On a whim, they took guns in their hands,

군인들 틈에 섞여
Mingled among soldiers,

생전처음 전쟁을 체험했다.
Faced the first war of their lives.


어디에 적이 있든 상관없다.
Wherever enemies were, it wasn't a matter.

다만 군인들이 하는대로
Just as soldiers did,

어둠속에 彈丸탄환을 쏘아대면 되었다.
They only had to shoot toward the dark.

총알이 튀어 나갈 때마다
Whenever bullets went off,

그들의 어깨는 심하게 울려왔다.
Their shoulders were bounced hard.


어둠 속 여기저기서
Here and there, among the darkest night

고통을 참는 신음 소리가 들려왔고
Mourning sound of pain was heard,

총신은 점점 열을 더해갔다.
Gunbarrel was burning more and more.


머리 위로는 날카로운 휘파람 소리를 내며
Over their head, blowing sharp whistle

방향 잃은 포탄이 날아가고
Bombs of lost course flew

바위에 총탄이 부딪힐 때마다
When each bullet hit rocks

불꽃이 번쩍였다.
Fire cracked.


요란한 총성도 점차 잦아드는데
Pouring gunfires started to die away,

친구의 安危안위와 경계의 긴장 속에
Guarding on their nerves, thinking of safety of friends,

그들은 초조하게 밤을 지샜다.
They stood up all night with uneasiness.


날이 밝아오자
When day started to break

바위에, 혹은 나무에 기대고 땅에 쓰러진
On rocks, down over trees, down on the ground

차가운 주검들이 널려 있었다
There were dead bodies here and there.

주검이 된 그들은 이제 군인도, 아군도, 적군도 아니었다
No soldiers neither allies nor enemies now they were.

친구에게는 정 깊은 벗이었고
They were sincere ones to their friends

인류 평화의 理想이상을 꿈꾸던 젊은이였으며
Youths who dreamt the ideal of peaceful world

한 어머니의 아들일 뿐이었다
Only a son of each mother.


그들은 學友학우의 안위가 궁금했다
They wondered the safety of classmates

주위를 둘러보기가 겁났지만
Being scared to look around though

보지 않으려 해도 눈에 들어오는 주검의 침묵들
Corps in silence, inevitable to avoid, came into their sight

그들은 한 주검을 발견하고는 다리가 후들거렸다
Facing one, they found their legs shaken.


그의 校帽교모는 얼굴에 덮이었고
His school-cap was covered on his face

손에는 사진 한 장을 꼭 쥐고 있었다
Grasping a photograph in his hand.

그것은 꿈이었다
It was a dream.

꿈이기를 바랐다
It should be, they wished.

꿈을 깨면 다시 시시덕 거리고 욕지거리 하며
When they wake up, chatting and giggling, sharing their

languages,

함께 빵집이며 도서관을 드나들 그였다
He will hang around together to bakeries and libraries.

그러나 학우들은 끝내 울음을 터뜨렸고
After all, classmates broke tears though,

그의 주검은 작은 돌무덤이 되었다.
His body became a small grave of stone.

잠시 그를 위한 묵념이 있었고
A moment there was silent prayer for him,

그는 산곡에 홀로 남게 되었다.
Alone he was in the deep mountain.

다음 인용문은 1950년 11월 어느 날, 李鎭鎬이진호라는 학도병이 이북 땅 楚山초산을 목전에 두고 벌어진 전투에서 같은 학도병 전우를 잃고 절규하며 쓴 手記수기다.

The following is an excerpt from the journal of a student soldier, Lee, Jin-Ho (李鎭鎬), on a day in November 1950, crying out when he lost his friend at the battle near Cho-San (楚山), North Korea.

IV

"戰友전우의 屍體시체를 묻고 나서[4]

After burying the body of a friend

旭욱이! 끝내 너는 나의 視野시야에서 사라지고 말았는가?……

Wook! After all, I lost you away from my eyes ……

저 놈들의 아우성은 가시기도 전인데, 이제 祖國조국은, 겨레는 어쩌란 말인가?

The roar of our enemies has not gone yet, and what our nation and people can do now?

旭욱이! 故鄕고향 뒷 산의 머루 넝쿨이 생각난다던 저격능선 골자구니가 생각나는가?

Wook! Can you remember the valley of Sniper ridge, that makes you think of the mountain in our hometown and its wildberry?

---

4  『戰歿學徒名單전몰학도명단 List of Students Killed in Battle』「戰歿學徒手記전몰학도수기」戰友전우의 屍體시체를 묻고 나서-前陸軍上士전육군상사 李鎭鎬이진호 Journal of a Student Soldier -- Lee, Jin-Ho, After burying the body of a friend」(단기 4290년 6월 15일 중앙학도호국단 June 15th, 1957, published by Chung-Ang Hakdo-Hogukdan) pp.117~118. *당시 학도병으로 입대했던 필자가 1950년 11월 어느날 전우인 旭욱이라는 벗의 전사를 애달파하며 쓴 글. 표기법은 원문대로 씀. This letter was written by a student soldier who was grieving the death of his friend, 'Wook (旭)', in November 1950. Korean spelling and wording followed the original text.

틈바위 샘물을 水筒수통에 담으며 '어머님이 살아 계시면 오늘도 집앞 샘물에서 이렇게 물을 길으시겠지?' 하던 그 침통한 네 음성이 생생하게 들리는구나!

I can remember your voice, when pouring water into canteen, saying in low, "My mother must be carrying water as I do now, from the well next to the house today, if she is still alive."

攻擊공격을 앞둔 마지막 休息時間휴식시간에 단, 두 가치남은 화랑담배를 나눠물며 '자! 내 성냥을 켜게. 첫것은 자네것 다음것은 내것인데 이 바람 속에서 꺼지고 안꺼지는 것으로 앞으로의 운을 점처 보세!'

During the final ceasefire, a moment before firing again, we shared the last two of cigarettes, and I said, "Let us read our luck with its light! This is yours and that is mine. Now, Let's light it up."

그러나 내것이 꺼지고 자네것이 살아나지 않았던 가! 아! 그런데 오늘 너는 어쩌자고 살아나지를 못했단 말인가?

Then, mine was gone and yours fine! Then, oh! What happened today, what made you taken away?

手榴彈수류탄을 던지기 무섭게 先頭선두에서 突進돌진하던 너 勇姿용자가 아직도 생생하구나!

Your braveness is still fresh in my eyes, leading and dashing through at the front, soon after throwing grenades.

놈들의 中隊長중대장을 잡아가지고 꿀어 앉이던 그

勇姿용자!

A brave one, who took and downed the command-er of enemies!

逃亡도망치던 포로를 소리치다못해 命中명중하던 그 슬기!

That wisdom, that shouted and hit straight the captive who was running away.

아! 너는 果然과연 大韓대한의 아들이었고 우리의 자랑이었다.

Oh! You were a true son of Korea and a pride of ours.

平壤평양엘 入城입성하며 환영하는 어린것에게 네 마지막 乾건빵을 노나주던 그 愛着애착!

That affection, that gave away your last piece of hardtack to the child who hailed your entering into Pyeong-Yang.

틈 날적마다 겪어온 感想감상들을 적어서 보낼길없는 어머니에게 보름 잡아 한번식 꼬박 꼬박 편지쓰던 그 情熱정열과 孝心효심이여!

Such great heart and devotion to mother, writing letters on daily matters each every two weeks, even without knowing mother's current address!


'어머님 오늘은 姑母고모님 宅댁 계시던 定州정주엘 왔습니다. 거리가 왼통 비어있습니다. 예전처럼 姑母

고모님네가 계시면 얼마나 좋겠습니까? 이 밤이 다 새기前전 또 前進전진을 할 것 같습니다. 疲勞피로하지 않냐구요? 원 어머니두 제 팔 다리를 보시렵니까? 아예 그런 걱정은 마세요! 이대로 들어만가면 오는 달 중순에는 어머님의 그리운 얼굴을 뵈올수 있을 거예요! 그때는 어머님, 不死身불사신의 이 아들을 안아주세요! 그때까지 어머님 몸조심 하소서. 저 나팔소리를 들어보세요! 그리운 상봉을 재촉하는 信號신호랍니다. 그럼 어머님 안녕하소서…….'

Mother! Today, we arrived to Jeong-Ju, where aunt's house located in. Streets were totally empty. It will be great if she is still here just like the past. Before dawn, I think we are going to start marching again. Feeling tired? Please, don't worry at all. Let me show you my arms and legs. If it goes well this way, I will be able to see your face that I have longed for around the middle of this month. Then, mother, please hug me, your invincible one, with your arms! Till then, mother, please beware and be careful. Listen, that trumpet sound! It is a call that rushes our reunion soon. Then, mother, please take care of yourself..."

旭욱이! 이제 이 편지를 어떻게 傳전하란 말인가?
Wook! Now, how can I deliver this letter?

통곡하실 어머님 얼골이 선히 보이지 않는가?……
Can't you see how much your mother will cry?......

旭욱이! 저 故鄉고향 하늘에 흰 구름들도 흐느껴 손짓 하는구나!

Wook! Look! In our home, those white clouds of the sky wave their hand with grief.

우리 오늘 여기에 너와 벗들을 묻고 간다만은 너희들이 못다한 滅共統一멸공통일을 기어이 完遂완수하리라!

Today, though we buried you and friends here, we will finish the unfinished goal, the unification against Communism!

旭욱이여! 그리고 보다 勇敢용감했던 나의 벗들이여! 이제 고히 눈들을 감으라! 우리 반듯이 놈들을 쳐부셔 북녘 白頭靈峰백두영봉에 太極旗태극기를 꽂으리라!……

Wook! And my brave friends! Now please rest in peace! We will surely defeat them and place Taegeukgi (the national flag of Korea) at Baekdu-Yeongbong (sacred mountain)!……

旭욱이! 이렇게 너를 지켜 내 목숨 다하기까지 너와 함께 있고 싶다만은 그것이 네 원이 아니기에 내이제 저 북녘 겨레들의 흐느낌을 찾아 또다시 北북으로! 北북으로! 前進전진하겠노라!

Wook! Though I want to be with you, till the last day of my life, I know that is not your wish. So, now I am marching into the North, to the North again, tracing the grief sound of our people.

아! 그리운 旭욱아!

Ah! Dear Wook!

내 다시 찾는날까지 잘 있거라. 旭욱이야!

Farewell, till the day I see you again. My Wook!

一九五〇年十一月 어느날

 One day in November, 1950

以北이북땅 楚山초산을 目前목전에 두고"

Near Cho-San (楚山), in the North Korean territory"


## V

난리가 났다는 소식에

To the news of a war

사람들은 우왕좌왕 어쩔 줄 몰라했다

People were lost and in chaos.


전쟁이 터지면,

If a war broke out,

'평양에서 점심 먹고 신의주에서 저녁을 먹겠다'며

"We will have lunch at Pyeong-Yang and dinner at Sin-Euiju,"

큰소리치던 정부는 몰래 한강을 건너 허둥지둥 도망치고

Once who said it boldly, the government ran away crossing

the Han river quickly and quietly,

남은 국민은 적 治下치하에 버려지고 말았다
Leaving its people under its enemies.

간신히 밤을 틈타 강을 건넌 사람들은
Who barely crossed the river at night

男負女戴남부여대하여 남으로 남으로 내려갔다
Went down toward the south to the south, holding their households on back and head.

언제 떠날지 모르는 기차는 지붕까지 사람으로 가득차고
Train without departure time were packed with people to its top

길은 달구지와 사람들로 넘쳐났다
Streets were flooding with all carts and people.

엎어지고 발 부르트며 도착한 피난지
Place of refuge, where they came to arrived with feet bloody and hurt.

他鄕타향에서의 피난 생활은 고달프고 서러웠다[5]
It was wearing and heartbreaking as a refugee in a foreign place.

이슬만 피할 수 있으면 남의 집 헛간이라도 황송했고
Someone's shed was good enough, if it has a roof

추레한 거지꼴 머리와 옷 속에는 이가 들끓었으며
Poor hair and ragged clothes were crawling with lice

온갖 전염병은 끊임없이 피난민을 괴롭혔다
All the plagues tormented people continuously.

어린 것들에게 술지게미라도 배불리 먹일 수 있으면 좋으련만
Their little hope was to feed their children the brewer's grains

그마저도 차지하려면 악다구니를 부려야 했다
Though, it could be only earned after serious brawling.

---

5    밤이 이슥하면 When night comes
     수용소에 사람은 더 많아진다 The camp comes more crowded
     헤어진 갈잎자리에 누운 아낙네는 Housewife on worn-out straw bed
     때 아닌 진통에 몸이 터져 Who gets an unexpected pangs of childbirth
     애기를 낳았다 사내 애기를 Get a boy, a baby
     아무도 국을 끓여주는 이는 없어 No one cares her even for warm soup
     해산한 여인은 누워서 운다 The lady lies down and cries
     저녁까지 앓던 서울 할머니는 Old lady from Seoul sick all night
     밤 열두시에 숨을 거두었다 Passed away at midnight
     아무도 수의 준비를 하는 이는 없어 No one shrouds her body
     며느리는 목을 놓아 그 곁에 운다 Only her daughter-in-low cries
     and bawls. ……
     (모윤숙 Mo, Yun-Suk, 「수용소의 밤 Night of the Concentraion camp」, 『국군은 죽어서 말
     한다 Words of the Dead in National Army』)

서울에 남은 이들은 숨을 죽이며 엎드렸다
People in Seoul caught their breath and waited

지식인에 대한 密告밀고가 橫行횡행하고
Accusation on educated people sprang up every-where

숨지 못한 지식인은 附逆부역에 동원되었다
Intellectuals disclosed were forced to collaborate with enemies

어쩔 수 없는 일이기는 했지만
For them, there was no choice

부역자 낙인은 훗날 벗을 수 없는 굴레가 되었다
Though, the name of collaborator could not be washed out forever

　　아래 인용문은 서울대 사학과 교수였던 김성칠 선생이 6 · 25 때 서울에 남아 공산치하에서 몸소 겪으며 쓴 일기를 단행본으로 간행한 『역사 앞에서』의 1950년 8월 19일자 일기 일부다. 註주 참조.
　　The following is an excerpt from the book, titled In the Face of History, written by Kim, Seong-Chil, a collection of author's journals in Seoul under the Communist Party during the Korean War. It is a part of journals, dated August 19th, 1950 (see the footnote).

　　"1950년 8월 19일

세월은 참 빠르다. 인민군이 하룻밤 사이에 서울에 진주하고 지하에 숨어 있던 공산주의자들이 영웅과 같이 사람들의 면전에 나타나고 어중이떠중이들이 모두 좌익인 체 투쟁 경력이 대단한 체 뽐내던 것이 어제련 듯한데 벌써 그들의 황금 시대는 지나간 듯, 사람들은 모두 겉으로 타내어 말하지는 아니하나 속으로는 거의 전부가 공산주의를 외면하게 되었다. 아무런 정령(政令)에도 비협력적이고 돌아서면 입을 삐죽한다. 첫째는 그들이 그 입버릇처럼 인민을 위한다는 정치가 일마다 인민에게 너무 각박하기 때문이요, 둘째는 미군이 참전하고 그 폭격이 우심해지자 세상은 머지 않아 반드시 번복하고야 말리라는 추측에서이다. 이러한 기미를 눈치채고 볼세비끼들은 더욱 초조해 하지만 그럴수록 백성들은 더욱 미련한 체한다."[6]

August 19th, 1950

Time flows quickly. The North Korean People's Army had entered Seoul one night and communists who hid under ground came out public as heros. Yesterday, everyone competed each other as a great revolutionist. Now, however, it is over. People do not speak it out but start to question Communism in their mind. People do not follow the Communist rule nor cooperate with it. First, it insisted 'for the people' all the time, however, it actually does not help people at all.  Second, there is a thought that situation is

---

6    Kim, Seong-Chil (金聖七김성칠, 1913~1951), 『역사 앞에서 In the Face of History』(창작과 비평 1993. 2. 10. 초판발행, 2006. 1. 27. 14판) p.170.

changing due to the serious bombard after the US armies had participated the war. the Bolsheviks noticed this atmosphere and get nervous. However, people pretend as if they know nothing."


모두가 살길 찾아 허둥대는 전쟁통
In the middle of war time, while everyone trying to survive

"서울 시민을 버리고 절대 나만 갈 수 없다"
"I do not leave Seoul people behind my back."

육군 준장 安秉範안병범은 그렇게 서울에 남았다
So, brigadier general Ahn, Byeong-Beom stayed in Seoul in that way.

적 치하 仁旺山인왕산 어느 동굴 속
In the cave of Mt. In-Wang, at the time under the rule of enemies

안병범은 같이 싸우던 同志동지에게 말했다
He said to his ally beside him,

"나는 지금 나의 죽을 장소를 얻은 것 같다."
"Now, I think I found the place to die."


부슬비 나리는 1950년 7월 29일
On July 29th, 1950, when it was drizzling

안병범은 산 아래 서울을 바라보며

Looking down Seoul from the mountain

비수를 꺼내 壯烈장렬히 割腹할복하였다
Without hesitation, he ripped open his own bowels with knife.

장남 光鎬광호가 아버지의 순국을 지켜보았다[7]
His oldest son, Kwang-Ho watched his patriotic death.

戰線전선의 군인과 학도병들은
For soldiers and students in the front

---

7  安秉範안병범 准將준장 Brigadier General Ahn, Byeong-Beom : 당시 首都防衛軍수도방위군 顧問고문. 일본 육사 출신으로 단기 4282년(서기 1949) 1월 1일 대한민국 육군 대령으로 임관했다. 그의 3남 광석은 육사 2기 생도로 참전하여 1950년 6월 26일 전사했고, 4남 광진도 얼마 후 전사했다. 당시 아버지의 殉國순국을 지켜본 광호 씨는 후에 육군 준장으로 승진했고, 한국군사휴전위원단 위원으로 활동했다. He was Adviser of Capital Defense Forces at that time. He was educated in the Japan Military Academy and was appointed as Colonel in the Korean Army in 1949. His third son, Kwang-Seok also participated the war as a graduate of the Korea Military Academy and was killed on June 26th, 1950. Soon after, his fourth son, Kwang-Jin died in other battle as well. Later, Kwang-Ho, who watched his father's death, became a brigadier general and served as a member of Korean Military Truce Committee. 『韓國動亂한국동란 戰歿勇士전몰용사의 手記수기 Journals of War Dead during the Korean War』(단기 4289년 1월 26일 January 26th, 1956, 국도신문사 Kukdo Daily) pp.23~25.

주먹밥 한 덩이도 배불리 먹기 힘들었으며
It was not easy to eat enough, even one riceball.

통신선과 칡넝쿨로 헤진 군화창을 싸매어 신고
With cables and kudzu runners, they wrapped their worn-out
military boots.

군복은 너덜너덜 거지꼴이 되었지만[8]
Though thier uniforms were battered and ragged

가난한 조국은 보급품조차 넉넉히 보내줄 수 없었다
Poor country could not even afford to provide supplies enough.


百尺竿頭백척간두 國亡국망의 危難위난 속
In the time of crisis and troubles during the absence of
government

---

8  『조국을 위하여 자유를 위하여 For My Country, For Liberty』
(1997. 10. 廣州郡광주군 議會의회 刊간) / 참전용사, 吳吉成오길성, Oh, Gil-
Seong, a war veteran : "정부에서 보급을 제 때에 해주질 못해 신
발이 없어 발에다가 통신줄을 꽁꽁 동여매고 다니기도 했었다.
Government did not provide shoes enough, so we often had to wrap
our feet with cables." pp.119~123. / 참전용사 안용주 Ahn, Yong-
Ju, a war veteran : "다 떨어진 군복에 바닥이 떨어져 칡으로 묶어
서 신은 군화, 서로의 모습을 보고 웃으며 '거지가 따로 없구나' 하
였다. We found ourselves in worn-out uniforms and ragged boots
wrapped in cables, and said, "We are not different from beggars,"
looking and laughing each other." pp.131~142.

꽃 같은 젊은이들이 자유 수호의 피를 흘리고

Blooming youths shed their blood to save the liberty.

국민이 헐벗고 굶주리는 동안에도

While people were ragged and starved though,

亡國망국의 毁國之蠹훼국지두[9]들은

Thieves that had extorted its ruining country

국민방위군 예산으로 제 뱃속을 채웠고

Embezzled the budget for Public Defense Forces and fed their stomachs

역사 위에 그 부끄러운 이름을 올렸다[10]

Listed their name in shame in history.

---

9   毁國之蠹훼국지두 (hwe-guk-zi-du) : 나라를 갉아먹는 좀벌레 people who damage their own country for their own good.

10  중공군의 인해전술에 맞서 50만 명의 지원 장정으로 구성된 부대. 대한청년단 단장 김윤근은 군인이 아닌데도 초대 단장을 지낸 국방장관 신성모에 의해 단번에 준장에 임관되면서 사령관이 되었다. 나머지 지휘관도 거의 모두 정규군이 아닌 대한청년단 출신을 장교로 임관시켜 충당하였다. 이들은 약 25억 원의 국고금과 5만 2천 석의 糧穀양곡을 부정 착복함으로써 식량 및 피복 등 보급품을 지급하지 못하였고 국민방위군 중 천여 명의 餓死者아사자와 병자를 발생시켰다. 이 사건으로 국방장관 신성모는 물러나고 사건의 직접 책임자인 김윤근, 윤익헌 등 국민방위군 주요 간부 5명은 사형되었다. 'Public Defense Forces' was organized against the Chinese human-wave attack and consisted of 500,000 volunteers. Kim, Yun-Geun was not a soldier, but was appointed as a brigadier general by Shin, Seong-Mo, who was a Minister of

## 애국을 내세운 亡國奴망국노들이 밀항선을 타는 동안[11]
### While the traitors took the ship to other countries

National Defense, and became a commander. Other commanders were appointed to fill the positions of the Forces, but most of all did not have any war experience and just members of the Taehan Youth Corps (TYC). They embezzled 2.5 billion won of national funds and 52,000 packs of grains, and did not provide enough military supplies of foods and clothes. As a result, approximately 1,000 soldiers of Public Defense Forces were killed by starving and illness. When the fact was revealed, Shin, Seong-Mo, a Minister of National Defense, was dismissed and the five memebers who was responsible for the incident, Kim, Yun-Geun, Yun, Ik-Hyeon, and others, had the death penalty.

11  "오늘의 코리아 보다 More than Korea of today
내일의 코리아를 위해서는 For the Korea of tomorrow
애국자 R은 먼나라로 So-called patriot R, heading for far away
몸을 숨기기로 했다 Go and hide his body
山川산천에 묻힌 그리운 정보다 Than longing heart to his own country
은행 수표에 맘이 더 간절해 More desperate to the bank-check
총재 두취 어른께 큰 설계를 암시했다 Suggest a plan to the president of the bank
경제파탄 민족붕괴 Economic catastrophe, ethnic strife
이는 대한의 비극 아세아의 손실이다 Tragic of Korea, loss of Asia
앞날의 대한을 살릴 애국자는 The patriot who saves the future of Korea
이 현실을 피해야 한다고 To avoid this reality
그는 큰 사상과 애국심을 갖었기에 For he does not have the ideology and patriotism
별도 없는 밤 부산항을 떠났다 Left Bu-San harbor at dark night
망명이란 큰 뜻을 말하고 Exile, the big picture, he says

국군과 유엔군은 '死則必生사즉필생'의 충혼으로
National forces and UN military, at the risk of their lives,

손바닥만한 조국의 방어선을 간신히 지켜내고
Barely saved the minor territories for the natio-nal defence

마침내 삼팔선을 밀고 올라가 눈앞에 다가왔던 통일은
Finally re-unification came to close the face, marching over the 38th parallel

공산군의 인해전술 來襲내습으로 다시 멀어지고
It was again interrupted by the human-wave attack of the Communist forces

전쟁은 치열하게 계속되어
Severely the war was going on

국민은 疲弊피폐하고 국토는 폐허로 변해 갔다
Its people got exhausted and its country devastated.

---

전쟁과 죽음없는 곳을 向향해 To the place without wars and death 愛國者애국자 R은 愛國애국을 하러 제 나라를 떠났다 The patriot R left his country to achieve patriotism."(1951년 모윤숙 시 「밀항의 밤 The Night of Stow-away」, 「국군은 죽어서 말한다 Words of the Dead in National Army」(1983. 6. 10. 중앙출판공사)

## VI

학도병들은 군인들 행렬에 섞이어
Mingling with marching soldiers

여기저기 이름모를 산하를 누비고 다녔다
they were spreading over unknown places, over mountains
and rivers.


학창시절!
School days!

그것을 수집하려 여러 山谷산곡에 찾아나섰던
Rare botanics, that we had searched and collected in
mountains,

희귀식물이 곳곳에 무성하게 자라고 있었다
Those are here and there, everywhere.

그러나 지금은 아무 것도 소용이 없다
Now, nothing is important.

함께 손을 잡아주며 답사를 하던
Classmates in the fiedtrip together,

정다운 학우들은 하나둘 쓸어져 갔고
They were one by one passed away.

지금 그들의 돌무덤에는 무심한 낙엽이 쌓였을 게다
Fallen Leaves must have covered quietly their graves this moment.


총성이 없을 때 그들은 말없이 앉아
During cease-fire, they were sittings down wordlessly,

하나둘 떨어지는 낙엽을 보며
Watching falling each leaves,

지난날과 정겨운 이들을 그리워했다
Missing the past days and their friends.


학교는? 선생님은?
What about our schools? Teachers?

혹시 爆擊폭격에 파괴되진 않았을까?
Are they alright after bombing?

가족들은 무사히 피난하셨을까?
Do all family members safely leave house?

어머니는?
How about mother?

동생들은?
How about brothers?

한 번만이라도 볼 수 있었으면 좋겠다

I would like to see them again, even only just once.

그애는?

How about her?

나를 생각하고 있을까?

Is she thinking of me?

그랬으면 좋겠다

I hope so.

어쩜!

Perhaps...

잊었는지도 몰라

She might have forgotten me.

아무렴, 무사하기라도 했으면……

Well, it doesn't matter if she is alright.

아래 인용문은 1950년 12월 1일, 李珍燮이진섭이라는 학도병이 이북 땅 肅川숙천에서, 입대 전 만났던 英영이라는 연인에게 쓴 편지다.

The following is an excerpt from the letter written by Lee, Jin-Seop, a student soldier, to Yeong, a girlfriend he met before joining the army. It is dated on December 1st in 1950.

# VII

"「英」이 에게[12]

Dear Yeong,

오래동안 消息소식을 傳전하지 못하였음을 먼저 슲어 하여야 하겠읍니다.

First of all, I feel sorry for not being able to send a message for such a long time.

北韓傀儡북한괴뢰들의 철없는 불장난으로부터 始作시작된 動亂동란은 비단 우리들의 사이에만 국한된것이 아니고, 이나라 온 江土강토와 겨레들이 당하여야했고 아직도 끝장이 나지않은채 繼續계속되고 있읍니다만 人命인명과 財産재산과 道德도덕과 倫理윤리 그리고 學問학문에 이르기까지 前世전세에서부터 創造창조 또는 制

---

12 「戰歿學徒手記전몰학도수기 ―「英영」이에게 ― 故고 李珍燮이진섭 Journal of a Student Soldier -- Lee, Jin-Seop, Dear Yeong」(단기 4290년 6월 15일, 중앙학도호국단 June 15th, 1957, published by Chung-Ang Hakdo-Hogukdan) pp.101~103. *According to List of Students Killed in Battle (1957, p. 26), Lee, Jin-Seop was in the third grade in Won-Ju Agriculture Highschool, and after joining the army in Daegu in 1950, he participated the war under the command of the 7th Army Division. It is mentioned in the letter that his troop approached Suk-Cheon (肅川) in the North Korean territory, and it looks he was lost and missing since the battle there, because the place of death is left empty in List of Students Killed in Battle. 『戰歿學徒名單전몰학도명단 List of Students Killed in Battle』, p.26.

定정해온 모든 秩序질서라는 이름의 作用작용을 온통 無視무시하고 破壞파괴해버린 쓰라린 狀態상태가 지금 演出연출되고 있음을 우리가보고 있는 것입니다.

The war which was caused by stupid tricks of the North Korean armies troubled not only us but also all country and people, and it still goes on without promising its end. This moment, we are witnessing the state of anomy that means destruction of all orders and systems which have consisted of our lives, properties, morals, ethics and studies in history.

不過불과, 서너달 사이에 이렇게도 허무한 結果결과로 나타날줄이야 누구나 짐작인들 할수있겠습니까.

Several months ago, no one had ever imagined this absurd, unsuccessful result of now.

지금 이 글월을 쓰면서도 六·二五6·25 바로 몇일前전에 英영이와 만났던 상태를 回想회상하고 모진 한파에도 굳굳이 자라나는 松竹송죽같은 意氣의기를가진 英영이가 물론 健在건재해있으리라믿고 또, 붉은 물이 흘러간 뒤이지만 싱싱한 生鮮생선처럼 조금도 꺼리낌이없는 그 以前이전의 모습 그대로 이 글을 반겨 받아보리라 生覺생각하고 그간의 情誼정의를 戰塵전진이 자욱한 벌판 한모퉁이에서 적고 있는 것입니다.

Now, while writing this letter, I recall the memory of time, when we met each other just several days before June 25th, and I am sure you will be alright because you have strong mind like bamboos and pine trees. I am writing this letter in the middle of dusty battle-field, thinking of you who are perfectly fine and read this letter since the flow of Communist aggression.

여기는 平壤평양을 조금지난 肅川숙천이라는 몽매에도 잊을수 없든 以北地域이북지역 平安南道평안남도땅입니다.

Now, I am in Suk-Cheon (肅川), near Pyeongyang (平壤), Pyeongannam-do (平安南道) in North Korea, the place I have thought of so long, even in my dream.

아마 이便紙편지를 보게 되시면 相當상당히 놀라실 거라고 믿어 집니다만 지금 저는 그 무뚝뚝한 軍服군복에 몸을 싸고 있으며, 나의 上官상관과 또 나의 部下부하들과같이 잃었던땅을 찾는 한 勇士용사의 隊列대열에 참여 하고 있는 것입니다.

I think you will be quite surprised when you hear this. Here, my body is covered with solid soldier's uniform, and participate in the brave soldiers' troops, with my superiors and subordinates, trying to retrieve our land from the enemies.

어찌된 영문이냐구요?

You are wondering what have happened?

바로 英영이와 헤어지던(六月二十八日) 다음날 저는 서울에 侵入침입한 傀儡軍괴뢰군들의 모습을 보자 당장에 소스라쳤던 것입니다.

It was because I got so frustrated when I saw puppet armies who invaded Seoul on the very next day we met each other, on the 28th of June.

英영이도 알고있다싶이 故鄉고향을 以北이북에두고 짧은 期間기간이지만 놈들의 施策시책밑에 呻吟신음한 經驗경험이 있기때문에 몇일만 참으면 다시 드러올것 으로 믿어지던 國軍국군의 約束약속과 또 그대와도 鐵 筒철통같이 言約언약했던바를 저버리고 아무도 모르게 南下남하하는 避難民피난민의 隊烈대열에 휩쓸렸던 나 는 千辛萬苦천신만고하여 大邱대구라는곳에 이르렀던 것입니다.

As you may already knew it very well, I had lived in the North and experienced their rules even for a period of time. Due to that experience, before I knew it, I found myself heading down to the South with others, ignoring the promising words of national armies saying their returning to Seoul in several days, and leaving the sincere promise with you, and finally arrived to Daegu (大邱) at the end of my journey, after having gone through all sorts of hardships.

......

乘勝長驅승승장구로 물밀듯이 밀리어온 놈들은 이제 손바닥만치 남아있는 우리땅을 挾攻협공하며 더욱이 그안에 가치다싶히 되어있는 우리들을 노리고있다는 놀라운 事實사실에 어찌 果敢과감한 行爲행위가 없을수 있겠습니까.

They had flooded down toward the South with victory after victory and they were aiming us. There was no place for us to go or retreat further. So, it made me take more brave action. There was no choice.

더 기다릴 아무것도, 生覺생각할餘裕여유도 그때는 가질수가 없었으며, 따라서 이것을 報服보복하기 爲위하여서는 銃총을 드는일外외에 또 무엇이 있었겠읍니까.

I was not able to think about more or wait for other things, but only have a choice to take a gun against our enemies in order to pay them back.

이미 熱血靑年열혈청년들은 서로 앞을 다투어가며, 軍門군문으로 향하고 있을때 누구보다도 先頭선두에섰던 우리 學生出身학생출신 志願兵지원병들은 連연이어 滅共戰線멸공전선으로 줄곧 내달음질을 치고있었던 것입니다.

When passionate young people were eager to join the army ahead of each other, we, volunteers soldiers who used to be students, were at the head of them and went straight to the battlefield of defeating the Communism, over and over.

英영이! 그리하여 어려운 고비를 몇번씩이라도 넘기며 氣槪기개좋게 勝利승리를 거듭한 우리部隊부대는 其間기간에 許多허다한 戰果전과를 올리면서 서울을 옆으로 끼고, 기분좋게 三八線삼팔선도 突破돌파하고 붉은 牙城아성을 무너뜨리는 榮譽영예를 찾이한 것을 알고 있는지……

Yeong! So, overcoming dangerous moments several times, our camp had won battles over and over. During the short period of time, we achieved brilliant result of taking Seoul and breaking through the 38th parallel, and had the honor of ruining the power of enemies…….

……

오! 참 英영이! 놀라운 뉴-스를 여기서 놓처버릴뻔 했군요.

Oh! By the way, Yeong! There is a surprising news, I almost forgot.

우리들은 현재와같은 進擊態勢진격기세이면 내가 항상 그리워하며 자랑하는 나의 故鄕고향인 宣川선천에 보름안이면 드러 닿을것 같단 말이요! 市街地시가지를 中心중심으로하여 峻險준험한山산이 둘러 쌓여있고 雄壯웅장할것은 없지만 아담한 집들이 차곡 차곡 들어섰고 즐비한 學校학교와 높히솟은 教會교회의 鐘閣종각들! 이런곳에 벌서 가있는 氣分기분으로 每日每日매일매일의 前進전진이 더할나위없이 즐겁답니다. 그런데 이러한 故鄕고향이 내가 떠나올때 바로 그대로의 모습을 갖고 있을런지는 疑問의문입니다마는, 나를 기다려주실 어머님과 동생들 그리고 신활약상을 알고있는바와 같읍니다.

If the present situation goes on, I can expect my troops to reach my home, Seon-Cheon (宣川), the place I have always longed for and been proud of, within two week! Rocky mountains surrounding the town village, small houses layered in a row, numerous schools, and sky-poking high bell-towers of churches! I feel like I am there already and it makes me happy day by day. I know it is difficult to expect hometown to be the same as before. There are, however, my mother and younger brothers, and all the things I am doing here, as we already know.

……

그리운 얼골들이 요지음에 와서는 英영이모습과함께 가끔 꿈속에서 뵙고 있읍니다. 너무 지나치게 골똘히 生覺생각하고 있는 所致소치일까요?

From time to time, I see your face and others I long for in a dream. Perhaps, is it because I picture you too much?

何如間하여간 事實사실은 現實현실대로 나타나게 될 것으로서 只今지금 便紙편지를 쓰다말고, 스처가는 幻想환상하나를 놓처버릴수는 없읍니다. 이것이 戰爭전쟁이內包내포한 變轉無常변전무상한 因果인과에서부터 생겨진다고 看過간과해 버리고 싶은 想念상념에 지나지 않기를 바라지만 英영이에게쓰는 이 便紙편지가 나의 意圖의도하는대로, 그대로 英영이가 받아 볼수있게 되는지, 確實확실히 말하자면 이번 戰亂전란에 英영이 安否안부를 아직껏 모르고 있는 나의 杞憂기우가 그야말로 虛事허사가 되기를 바라면서 이글을 끝맺지 않으면 않된다는 宿命的숙명적인 現實현실을 또다시 戰爭전쟁 挑發者도발자에게 咀呪저주하는 바입니다. 便紙편지를 받았다는, 아니 살아있다는 消息소식을 速속히 傳전해 주시기를……

Whatever it is, the truth will be realized in the present, and now, while writing this letter, an image is suddenly flickering in my eyes that I cannot let go. I hope this is just my worry, being afraid of the unpredictable and uncertain results which every wars bring about. I have no idea whether this letter can be delivered to you safely, when or where as I have wished. Truly, it makes me worry that I know nothing about your whereabout during this war, and I wish all my worries about you will be nothing. I curse the enemy who caused the war and makes this current situation. Please let me have your letter back, or just let me know that you are fine there…….

十二月 一日(四二八三年) 珍 燮 드림
Jin-Seop, December 1st, 1950

그리운 英이에게
Dear Yeong"

## VIII

전쟁은 끊임없이 계속되고
Ceaselessly the war goes on

戰場전장의 추위는 더 강하게 다가왔다
Stronger the coldness of battlefield gets

탐스런 무와 배추는
Riped radishes and cabbages

주인을 잃은 채 밭에서 얼어버렸고
were left and frozen to death.

빈 오두막에는
In the empty cabin,

쥐와 족제비가 새끼를 치고
mice and ferrets room with their family

들개와 고양이가 찾아들었다
and wild dogs and cats visit.


싸늘한 칼바람은 옷깃을 여미게 하고
Cold wind was so ailing that soldiers pulled up their collars

하늘은 낮아 죽음의 공포처럼 회색빛을 띄었다
Sky drawn low took grey of threatening death

눈이라도 내리려는가
Maybe, it is going to snow.


추위와 끝없는 행군에 지친 그들에겐
Exhausted with cold and endless march

理念이념도 思想사상도 모두가 사치일 뿐이었다
Ideology or idea was just luxury.

적을 겨누고 총을 쏘는 것은 오로지
To aim and shoot were only of

죽음을 당하지 않으려는 본능적 대응일 뿐이었다
An instinct to a threat of being killed

이 순간 그들에게 필요한 것은
For them, what they need the most was

풀섶에 누워 자는 달디단 한숨의 잠이었다
Deep sleep, sound and sweet, lying on the grassbed.


IX

함박눈이 펑펑 쏟아지는 어느날
One day, when snow covered the whole world,

돌연한 적의 기습에
Against the sudden attack of enemies

그들도 이젠 익숙해진 솜씨로 총을 쏘았다
They too aimed and shot with experience hand.


삽시간에 골짜기는 총소리로 가득차고
Soon the valley was filled with the sound of fire

연이어 고통을 참는 부상병의 신음소리가 들려왔다
Moaning of pain of soldiers who injured came out/was heard.

그들도 힘을 다해 용감이 싸웠지만
They fought hard their best, however,

하나둘 눈 위에 쓸어져 갔다
One by one, started to fall down on the snow.


총성이 멎자
When the fire was stopped

무사한 이들은 다시 편성이 되고
Survived ones were arranged in the new formation

그들은 그곳을 떠났다
Then left the place.

지친 그들도 실종된 부상자를 찾아 돌볼 여력은 남아있지 않았다
They were too exhausted to take care of the injured in missing.


자신을 찾으며 차마 못떠나는 학우를 향해
To the friend who hesitated to leave, searching for him,

그는 고통을 참으며 크게 외쳤다
Holding his pain, he shouted.

"잘가! 임마, 부디 살아야 해!"
"Farewell my friend! Please take care and be survived!"

그러나 그의 목소리는 힘이 다해서
His voice, however, was too weak to make sound,

입술만 조금 달싹일 뿐이었다
Only his lips looked slightly moved.


이제는 모두 갔다
Now all was gone.

차라리 아무렇지도 않았다
Rather it was better.


"복수초일까?"
"Perhaps, a pheasant's-eye?"

그는 바위 밑 양지쪽에 돋아나고 있는 여린 싹을 보고
When he found the green shoots on the sunny side around rocks

잠시 반가운 희열을 느꼈다
For a moment, he felt feeling of joy.

그는 몸을 움직여 그곳으로 가려했다
He tried to move his body over.

그러나 마음 뿐, 몸은 이제 아픔조차 잊었다
It was, however, only his heart, while his body lost all senses, even pain.

그는 눈앞에 다가온 죽음의 그림자를 보고 몸부림쳤다
Looking at the shadow of death, he tried hard to get away from it.

"죽으면 안돼. 어머니가 기다리셔!"
"No, no, I can't! Mother is waiting for me."


그러나 그는 조용히 눈앞의 죽음을 받아들이고 있었다
He, however, discreetly accepts the death facing him this
moment.

손을 더듬어 주머니 속 책을 꺼낸다
He searched his pocket and took out a book from his jumper.

소중한 책인데……
This book, a precious one……

손수건을 꺼낸다
He took out a handkerchief.

그애의 정성이 느껴진다
He could feel her sincere heart.

가만히 손을 가슴에 포개었다
Silently, he laid his hands on his chest.

그리고 조용히 눈을 감았다
Quietly, he closed his eyes then.


그리운 얼굴들이 웃고 있다
Faces he had longed for were smiling.

그러다가 그들은 다시 슬픈 얼굴이 되었다
Then they became said.

재롱둥이였던 막내가 손짓을 한다
Youngest brother, the sweetest, is waving his hand.

어머니의 기도 소리가 들렸다
Mother's praying is heard.

그애는 天主천주님 앞에 무릎을 꿇고 있었다
She is kneeling in front of the Lord.

비로소
Finally now

그애도 나를 잊지 않고 있음을 알았다
Awared that she thinks of me till now.


그는 가만히 고개를 저었다
He gently shook his head.

그리고 입속으로 몹시도 그리운 이름을 불렀다
Then he named the names he longed for in his heart.

"어머니……!"
"Mother……!"

그러나 그 처절한 소리는
That desperate voice, however

안타깝게 입속에만 녹아지고 말았다
Unfortunately, stayed and was gone in the mouth.


그는 점점 몽롱한 잠속으로 빠져들었다
More and more, drawn he was into dream.

가물가물한 의식 속에 다시 힘들여 눈을 떴다
He struggled and opened his eyes, while loosing his consciousness.

하늘에선 목화송이 같은 함박눈이
In the sky, snow like hundreds of cotton flowers

펑펑 쏟아지고 있었다
Was falling heavily, covering sky and ground.


그는 하나둘 눈송이를 세었다
One by one, he counted snowflakes.

그러다가 스르르 눈이 감겼다
Slow and slow, he closed his eyes.

그리고는 다시 움직이지 않았다
Then, he stopped.

입가엔 잔잔한 미소를 머금은 것 같았다
His lips looked like bearing a gentle smile.

하늘은 낮고
The sky was drawn low

눈은 온 山河산하에 끝없이 쏟아졌다
Snow kept falling, covering mountains and rivers.

박광민 Park, Kwang-Min (朴光敏, 1952~현재)
address: 77-11, Jangji-Dong, Kwangjoo-Si, Kyunggi-
Do, South Korea (zip. 12777)

(translated by Kim, Dong-Hyoun 金東玹)
telephone: +82. 10.2350.3391.

# VI

# 李箱이상 禮讚예찬

이 논문은 2021년 2월 19일 鮮文大學校선문대학교 문학이후연구소 주관 학술대회에서 발표한 글입니다. 詩人시인 李箱이상에 대한 새로운 연구결과와 증언이 의미가 있다고 생각되어 여기 수록합니다.

# 아 李箱이상, 찢어진 벽지 사이로
# 날아가 버린 蒼白창백한 나비야!

제비 다방과 李箱이상의 여인들을 중심으로

朴光敏(韓國語文敎育硏究會 연구위원)

필자는 2016년 11월호『美術世界미술세계』에「구본웅과 이상, 그리고 '목이 긴 여인초상'」을 발표한 후 자료를 보완하고 관계자를 인터뷰하여 이상과 구본웅에 대한 몇 가지 새로운 사실을 확인하여 李箱學會이상학회의『이상 리뷰』제12호에「구본웅과 이상, 그리고 '목이 긴 여인초상' 그 이후」를 발표하였다. 이 글은 두 자료를 다시 정리하면서, 일부 새로운 사실들을 추가하여 정리한 것이다. 따라서 필자가『이상리뷰』제12호에 쓴 많은 부분을 인용하였음을 밝혀 둔다.

李箱이상의 출생이나 문학에 관해서는 재론이 필요치 않을 만큼 수많은 논저가 나와 있다. 따라서 앞의 글에서 다루었던 내용을 중심으로 비교적 덜 알려진 이상의 미술과 제비 다방, 錦紅금홍이와 卞東琳변동림에 관한 이야기를 중심으로 살펴보고자 한다.

# Ⅰ. 화가를 꿈꾸었던 李箱이상

필자가 李箱이상을 접하게 된 것은 이상의 문학이 아닌, 具本雄구본웅의 '목이 긴 여인초상'을 미술사적으로 접근해 글을 쓰면서부터였다. 그 이전에도 이상의 문학을 접하지 않았던 것은 아니지만 구본웅의 미술작품을 다루게 되면서 이상을 빼놓을 수는 없었고, 비로소 이상이라는 우리 근대문학의 큰 산을 마주하게 되었던 것이다. 다가가면 다가갈수록 이상은 너무 아픈 모습으로 다가와서 무어라 표현하기조차 어려운 먹먹함에 필자는 자주 가슴이 메이기도 했다. 우리 민족이 지나왔던 어두운 시대를 겪어내며 의식적이든 무의식적이든 스스로를 自嘲자조의 늪에 빠뜨린 채 남들이 '異端文學이단문학'이라고까지 詰難힐난했던 혼자만의 놀이를 만들고 그 안에 자기를 가둔 채 죽어가던 그의 모습이 너무 처절했기 때문이었다.

이상은 미술가를 꿈꾸며 보성고보 시절 교내 미술전람회에 '풍경'을 출품해 우수상을 받기도 했고, 동생 김옥희를 모델로 그림을 그리기도 했다. 金海卿김해경이라는 본명을 두고 李箱이상이라는 筆名필명을 쓰게 된 연유도 구본웅이 선물한 寫生箱子사생상자에서 비롯된 것이다. 구본웅의 堂姪당질 具光謨구광모는 구본웅의 숙모이자 자신의 조모인 朴仁淑박인숙으로부터 들은 김해경의 '李箱이상' 필명 顚末전

말을, 『新東亞신동아』 2002년 11월호 「友人像우인상과 女人像여인상-구본웅 이상 나혜석의 우정과 예술」 題下제하의 글에 상세히 밝혀 놓았다.

"그의 졸업과 대학 입학을 축하하려고 구본웅은 김해경에게 사생상을 선물했다. 그것은 구본웅의 숙부인 具滋玉(구자옥, 당시 '조선 중앙 YMCA' 총무-구광모의 부친)이 구본웅에게 준 선물이었다. 해경은 그간 너무도 가지고 싶던 것이 바로 사생상이었는데 이제야 비로소 자기도 제대로 그림을 그리게 되었다고 감격했다. 그는 간절한 소원이던 사생상을 선물로 받은 감사의 표시로 자기 아호에 사생상의 '상자'를 의미하는 '箱상'자를 넣겠다며 흥분했다. 김해경은 아호와 필명을 함께 쓸 수 있게 호의 첫 자는 흔한 姓氏성씨를 따오는 것이 어떠냐고 물었다. 기발한 생각이라고 구본웅이 동의했더니 사생상이 나무로 만들어진 상자니 나무 목(木)자가 들어간 성씨 중에서 찾자고 했다. 두 사람은 權권씨, 朴박씨, 宋송씨, 梁양씨, 楊양씨, 柳유씨, 李이씨, 林임씨, 朱주씨 등을 검토했다. 김해경은 그중에서 다양성과 함축성을 지닌 것이 이씨와 상자를 합친 '李箱이상'이라며 탄성을 질렀다. 이상은 아호의 동기와 필명의 유래에 대해 비밀로 해달라고 구본웅에게

요청했다.…… 몇 년 후에 소설가 朴泰遠박태원이 아호의 유래를 묻자 이상은 익살스럽게 대답했다. 건축과 졸업 후 부감독으로 나간 이화여자전문학교 건물 공사장에서 인부들이 자기를 이씨인 줄 알고 이씨의 일본식 발음인 이상으로 잘못 부른 것에서 생겨났다고 했던 것이다. 이런 즉흥적인 아호의 유래는 즉시 시인 金起林김기림과 徐廷柱서정주 등에게 전해졌다. 몇 년이 더 지난 후에 그의 아내 변동림에게는 최상 최선의 목표라는 뜻으로 理想이상을 나타내는 음을 따라 만들었다고 알려주었다.…… 이상은 스캔들을 일으키고자 하는 일종의 다다(dada)적 행위로 자신의 아호를 활용했다. 변동림의 주장이 맞냐 또는 '이씨'설이 맞냐 하는 논쟁이 벌어졌다. 그러나 당대의 문필가들에 의해 전해진 李氏說이씨설이 정설로 알려져 왔다. 그럼에도 구본웅은 이상과의 약속대로 그가 사망한 뒤에도 침묵했다. 그러나 구본웅은 그의 숙모 朴仁淑박인숙에게 숙부(具滋玉구자옥)가 그에게 준 사생상을 이상에게 선물했다는 사실과 그의 제일 친한 친구인 이상의 아호가 바로 그 사생상에서 유래되었다고 털어놓았다."[1]

---

1   具光謨구광모 「友人像우인상과 女人像여인상-구본웅 이상 나혜석의

보성고보 시절 이상의 집에서 하숙을 하며 이상과 5년을 같이 생활한 文鍾爀문종혁의 증언에 의하면 이상은 150~200개나 되는 물감 이름을 프랑스어로 모두 외우고 있었으며, 서양 미술가들의 물감 배열순서까지 외우고 있을 만큼 서양미술사에 깊고 해박했다고 한다. 이상이 미술을 계속했더라면 "詩人시인은 젊어서 명작이 나오지만 화가는 늙어서야 명작이 나온다."고 했던 자신의 고백처럼 세계적인 화가가 될 수 있었을지도 모른다. 자신의 아호조차 寫生箱子사생상자의 의미를 붙여 '李箱이상'이라고 지었던 그였건만 문종혁과 함께 조선미술전람회에 출품했을 때 입선조차 하지 못한 실망감은 이상이 미술을 버리고 문학을 선택한 결정적 계기가 된 것이 아닌가 한다.

具本雄구본웅과 李箱이상이 1921년에 新明小學校신명소학교를 졸업한 동기동창임은 구광모 글에서 상세하게 밝힌 바 있다. 1906년생인 구본웅은 1910년생인 이상보다 네 살 위였는데, 몸이 약한 구본웅이 학교를 다니다 말다 하는 과정에서 이상과 같은 반이 되어 함께 졸업을 하였던 것이다. 내성적이고 조용한 성격의 이상은 신명소학교 시절 미술에도 특별한 관심을 보였는데, 동급생들에게 꼽추라고 따돌림 받던 구본웅에게도 마음을 열고 그를 친구로 존중

우정과 예술」(2002. 11. 『新東亞신동아』 논픽션 公募공모 최우수상)

하며 품어주었다. 구본웅도 자기를 평범하게 대해 준 이상을 동급생 그 이상의 知己지기로 여겼을 것이다.

신명소학교 졸업 후 이상은 東光學校동광학교(후에 普成高普보성고보와 合倂합병)에 입학했고, 구본웅은 京城第一高等普通學校경성제일고등보통학교(경기중학교의 前身전신)에 응시해 상위권 합격 점수를 받았으나 꼽추라는 이유로 거절당하고 儆新學校경신학교에 입학했는데, 경신학교 성적은 매학년 1등이었다. 구본웅은 경신학교에 다니면서 高義東고희동이 YMCA에 개설한 高麗畵會고려화회에서 서양화를 배웠는데, 1919년 11월 22일, 고려화회 개강 날 寫生箱사생상을 들고 春谷춘곡(고희동의 호) 선생을 찾아온 貞信女學校정신여학교 교사 羅蕙錫나혜석을 만나 미술지도를 받았다.

1927년 17세 때, 李箱이상은 具本雄구본웅과 충무로에 있던 明治製菓명치제과에 갔다가 빵을 사러 온 구본웅의 스승 나혜석을 만나 대화를 나누었는데, 이때 이상은 나혜석에게 무척 강렬하게 끌렸다고 한다. 아마도 나혜석의 知的지적이고 개방적인 페미니즘 思考사고가 일찍부터 아방가르드적 미술과 문학에 눈떴던 이상의 천재적 氣像기상과 통했기 때문이었을 것이다. 명치제과는 커피를 마실 수 있는 '喫茶店끽다점'을 겸한 제과점이었다.

나혜석과 대화를 나누던 이상은 갑자기 "선생님은 혹시 자살하고 싶은 충동이 드신 경우는 없으세요?"라고 물었

本町본정 2-92번지 명치제과-사진 왼쪽에 보이는 간판은 明治製菓旨店
명치제과지점으로 되어 있는데, 일본에서는 '맛있는 가게'라는 뜻으로
'旨店(うまいてん)'이라 쓴다.


다고 하는데, 그의 삶과 문학에 흐르는 '자살'이나 '죽음'의
그림자는 이렇게 그의 內面내면에 일찍부터 어른거리고 있
었던 것이다.

그때 이상이 나혜석에게 했던 말 중, "晶月정월 선생님,
조선어는 영어나 중국어나 일본어에 비해서 세련도가 많
이 떨어져요. 개념화할 수 있는 어휘도 너무 적고 쓰임도
잘되지 않아요."라는 말은 그가 일본어로 시를 썼던 이유
를 전해주는 중요한 端初단초다. 李箱이상이 詩시나 소설에
漢字한자를 많이 쓴 것도 같은 이유일 것이다.


羅蕙錫나혜석과 李箱이상의 대화 내용을 보면, 17세 소년
수준으로는 상당히 깊은 思考사고가 담겼는데 누이동생 김

옥희의 증언에 따르면 이상은 어려서부터 천재성을 나타냈고, 홍역을 앓는 중에도 책 읽지 못하는 것을 한탄했다고 한다.

"두 돌 때부터 천자문을 놓고 '따, 地지'자를 외며 가리키는 聰明총명을 귀여워 못 배겨하시는 큰아버지, 그래서 모든 일을 어린 큰오빠와 상의하시는 큰아버지를 못마땅하게 여기시는 큰어머니가 오빠를 어떻게 대했을까 하는 것은 능히 상상할 수가 있는 일입니다.…… 한글을 하루 저녁에 모두 깨우쳐 버렸다는 수재형의 오빠는, 일곱 살 때에야 홍역을 치러서 아주 중병을 앓았는데, 그 고열에도 머리맡에 책을 두고 공부 못하는 것을 한탄했다니 말입니다."[2]

두 돌 때부터 천자문을 외웠다는 설이 믿어지지 않겠지만, 두세 살에 『千字文천자문』을 떼는 천재들은 실제로 있었다. 英宗영종 때의 소년 才子재자 金景霖김경림(1760~1768)은 아홉 살에 夭折요절했지만, 세 살 때(1762) 마마를 앓던 중 부친이 『周易주역』의 「元亨利貞원형이정」, 『詩經시경』 「關雎관저」의 첫 聯련, 『書經서경』 「堯典요전」의 첫 章장, 四書사서(『論語』·『孟子』·

---

2  『新東亞신동아』(1964.12.)

『大學』·『中庸』)의 첫 장 등을 세 번씩 읽어주자 자리에서 일어나 誦讀송독하는데 한 글자도 틀린 것이 없었다는 이야기가 『杏堂寃稿행당원고』에 기록되어 있다. 이상이 두 살 때 『천자문』을 외웠다는 김옥희의 증언도 과장된 것이 아니다.

林鍾國임종국의 『李箱全集이상전집』 年譜연보에는 "一九三一年(二十二歲) 「鮮展」에 洋畫 「自像」을 出品하여 入選함"이라고 기록해 있으나, 文鍾爀문종혁은 "나의 작품은 걸리고 상의 그림은 걸리지 못했다."고 하였다.

"……옥희는 상의 畵布화포 앞에 앉아 있는 일이
몇 번 있었다. 그러나 몇 해 또는 10수년의 경험을 가
진 직업 모델보다도 자연스럽다. 누가 방에 들어서
도 몸가짐이나 마음의 동요가 없다. 자연스럽기만 하
다.…… 상은 실은 畵家화가 지원생이다.…… 이해 봄,
상과 나는 조선미술전람회에 출품했다. 나의 그림은
걸리고, 상의 그림은 걸리지 않았다.…… 뒷날의 회
상이지만 이 전후해서 상은 그림에 대한 신념이 흔들
리었던 것 같다. 또 한가지 그림으로서는 그의 내면
세계를 표현할 수 없었음인지도 모른다. '나는 문학을
해야 할까봐.'하고 가끔 얘기했다.……"[3]

---

3  「심심산천(深深山川)에 묻어주오」(문종혁 『女苑여원』 1969. 4.)

1931년 5월 31일부터 6월 9일까지 총 7회에 걸쳐 제10회 朝鮮美術展覽會조선미술전람회를 보도한 동아일보 기사 중 1931년 6월 9일자에, "李箱氏이상씨 〈自畫像자화상〉 무엇인지 새로운 것을 보여주려고 努力노력하는 神經신경의 活動활동이 있다. 氏씨의 將來장래를 興味흥미있게 企待기대한다."는 내용이 있는데, 5월 31일~6월 9일 보도 기사 중에는 文鍾爀문종혁의 이름이 보이지 않는다. 그렇다면 이상은 1931년 이전이나 이후에도 조선미술전람회에 출품했을 가능성이 있고, 확인이 필요해 보인다.

李箱이상의 자화상을 비롯한 몇 점의 삽화들은 그가 京城高等工業學校경성고등공업학교 졸업 후에도 순수미술을 계속한 것을 보여준다. 이상이 1928년에 그린 것으로 전해지는 자화상과 1931년 조선미술전람회에 출품한 자화상의 분위기는 전혀 다르면서도 무언가 서로 통해 있다는 느낌이다.

1928년 작품에는 세상을 못마땅한 표정으로 直視직시하는듯한, 그 표정이 슬퍼 보이면서도 그의 內面내면이 고스란히 드러나 있는 것 같아 한없는 惻隱之心측은지심을 불러일으키며 보는 사람마저 작품 속 인물이 품고 있는 어떤 깊음 속으로 끌어당긴다. 이 작품은 아마도 自我자아가 강한 이상의 성격이나 才氣재기까지도 담고 있는 듯 하다.

이로부터 3년 후에 그린 자화상은 많이 훼손된 상태인

이상의 자화상 좌 1928년 / 우 1931년 鮮展선전 출품작

데, 한복을 입은 모습에 머리는 하이칼라 모양으로 조선총독부 건축과 시절의 사진 속 머리 모양과 같다. 표정에는 분노 같은 것이 담긴 것 같기도 하고, 놀란 모습 같기도 한데, 강한 눈길로 정면을 바라보고 있어 섬뜩함마저 느끼게한다. 이 작품은 그로데스크(grotesque)한 분위기에 표현주의적 화풍이 드러나 있다.

몇 점도 안 되는 작품을 가지고 이상의 미술작품을 논한다는 것은 애초부터 불가능한 일이다. 다만 1949년 白楊堂백양당에서 간행한 『李箱選集이상선집』에 실린 金起林김기림의 序서에는 "단리(Salvador Dali-필자 주)에게서는 어떤 精神的血緣정신적혈연을 느끼는듯도 싶었다."고 회고하였다. 그가 더 많은 작품을 남겼다고 假定가정해도 大衆대중에 영합하는 키치(Kitsch) 미술을 했을 것 같지는 않다. 그의 문학에서 나타내 보인 혼자만의 自嘲的자조적 놀이 세계로 짐작해 보건대 그는 그만이 할 수 있는 幾何學的기하학적 상상력을 미술에 접목해 새로운 思潮사조를 만들어 그 분야의 미술 선구자가 되었을지도 모를 일이다.


## II. 李箱이상과 錦紅금홍의 만남

우리는 이상을 이야기하면서 그가 우리와는 전혀 다른 별에서 온 사람으로 생각하는 경향도 없지 않다. 그러나 그도 우리와 다름없는 지극히 상식적인 사람이었으며, 우리가 느끼는 희노애락과 욕망을 그도 느끼며 세상을 살았다. 미술을 포기하면서 '아프다.'는 표현을 쓰기도 했고, 金素雲김소운의 回憶회억에 의하면 친구들과 차를 마시고 나올 때는 자기 찻값으로 10전 硬貨경화를 테이블에 올려놓고 나왔다고 하니 그 당시에도 이상은 더치페이라는 서양의 합리주의를 생활 속에서 실천했던 것이다.

李箱이상이 제비 다방을 개업하고, 그 후에도 몇 번이나 더 다방 운영을 하고자 애썼던 것은 理想이상을 좇는 文學徒문학도나 식민지 지식인으로서의 현실도피적 나르시시즘보다는 돈을 벌기 위한 생활인으로서의 처절한 몸부림이라 해야 할 것이다. 이와 관련된 김옥희의 증언이다.

1926년, 그러니까 오빠가 열일곱 살 때 普成高보
　　성고보를 졸업했습니다. 그사이의 고생은 이루 말할 수
　　가 없었다고 합니다. 점심시간에 현미빵을 교내에서
　　팔아 그것으로 학비를 댔다고 하는데, 후에 오빠가 다
　　방 같은 장사를 시작한 것도 아마 이때부터 싹튼 돈에
　　대한 집념 때문이 아닌가 생각됩니다.[4]

　李箱이상은 어려서 백부에게 양자로 갔다고 알려져 있지
만 학교를 다니면서 빵을 팔아가며 苦學고학을 한 것은 집
에서 학비 도움을 거의 받지 못했음을 말하는 것이다. 태
어나면서부터 자유로운 영혼이었을 그가 학교 졸업 후에
도 몸이 얽매여야 하는 조선총독부 내무국 건축과에 취직
을 해야 했던 이유도 宗孫종손으로서, 장남으로서 집안 살
림을 짊어져야 했기 때문이었던 것이다. 그러나 몸을 갉아
먹는 병마는 안정된 직장생활마저 허락하지 않았다. 몸이
건강했더라면 이상은 직장에 얼마간이라도 더 남아 있었
을지도 모른다.
　이상이 구본웅과 배천(白川)에 갔다가 錦紅금홍을 만났
다는 것은 널리 알려진 사실인데, 「逢別記봉별기」에는 이상
이 먼저 가고 며칠 후 구본웅이 배천에 왔다고 하였다. 구

---

4　『新東亞신동아』(1964.12.)

광모는 구본웅이 "1933년 4월에 오늘날 유네스코회관 근처에 있는 건물 2층을 빌려 京城精版社경성정판사를 개업했다."고 하였다. 4월에 개업할 인쇄소 때문에 눈코 뜰 새 없이 바쁜 구본웅이 3월에 배천에 갈 수 있었겠는가 하는 것도 의문이다.

「봉별기」에는 이상 스스로 '스물세 살 3월'이라고 했으니 이상이 배천에 간 것은 1932년 3월이어야 한다. 당시에는 나이를 말할 때 우리 나이로 말하는 것이 일반적이고, 지금도 그렇다는 점에서 1933년에 배천에 갔다는 그간의 年譜연보는 의문을 갖게 한다. 李箱이상이 자신의 나이를 우리 나이로 말한 것은 『逢別記봉별기』뿐 아니라 詩시「一九三三, 六, 一」에도 나타나 있다.

"天秤천칭위에다三十年삼십년동안이나살어온사람(어떤科學者과학자)三十萬個삼십만개나넘는별을다헤어놓고만사람(亦是역시)人間七十인간칠십아니二十四年이십사년동안이나뻔뻔히살어온사람(나) 나는그날나의自敍傳자서전에自筆자필의訃告부고를揷入삽입하였다. 以後이후나의肉身육신은그런故鄕고향에는있지않았다나는自身자신나의詩시가差押當차압당하는꼴을目睹목도하기는차마어려웠기 때문에"[5]

시「一九三三, 六, 一」에서 이상은 스스로를 "二十四年이십사년동안뻔뻔히살아온사람(나)"라고 하여 1933년 당시 이상의 나이가 스물넷이었음을 밝혔으므로『봉별기』에서 '스물세 살 3월'이라고 한 것은 1932년 3월을 말한 것이 분명하다. 1949년에 白楊堂백양당에서 간행한『李箱選集이상선집』과 林鍾國임종국의『李箱全集이상전집』연보에는 1933년 3월에 직장을 사직하고 배천에 간 것으로 기록해 있는데, 九人會구인회를 만들고 李箱이상을 가입시켜 같이 활동했던 趙容萬조용만은 직장을 辭職사직하고 간 것이 아니라 휴직하고 백천으로 휴양을 갔다고 하였다.

"금홍은 배천(白川) 온천에 있는 술집 접대부였다. 이상이 전매청 신축공사장의 십장으로 있던 어느날, 별안간 공사장에서 咯血각혈을 하고 쓰러졌다. 놀라서 병원으로 달려갔고 오래 휴양을 해야 한다는 의사의 진단에 따라 관청에 휴직원을 내고 배천온천으로 휴양을 갔다."[6]

---

5  『李箱選集이상선집』(1949. 03. 21. 白楊堂백양당/2016. 03. 31. 42 MEDIA CONTENTS) p.127.

6  趙容萬조용만「이상 시대, 젊은 예술가들의 초상」(『그리운 그 이름, 이상』 2004. 10. 30. 지식산업사) p.279~280

「逢別記봉별기」에는 배천에서 요양하던 李箱이상은 '5월 백부의 小喪소상'¹⁴⁵ 때문에 錦紅금홍이와 헤어져 혼자서 서울로 왔다고 하였다.

"그리자 나는 伯父백부님 소상 때문에 歸京귀경하지 않으면 안되게 되었다. 복숭아 꽃이 滿發만발하고 亭子정자 곁으로 石澗水석간수가 졸 졸 흐르는 좋은 터전을 한군데 찾아가서 우리는 惜別석별의 하루를 즐겼다. 停車場정거장에서 나는 錦紅금홍이에게 十圓紙幣십원지전 한장을 쥐어 주었다. 錦紅금홍이는 이것으로 典當전당 잡힌 時計시계를 찾겠다고 그리면서 울었다."⁸

배천에서 이별한 후 금홍이가 언제 서울로 왔는지는 기록이 없다. 두 사람이 1932년에 만난 것인지, 알려진 대로 1933년에 만난 것인지는 앞으로 더 깊은 논의가 필요한 과제다.

---

7  『이상선집』(1949. 03. 21. 白楊堂/2016. 03. 31. 42 MEDIA CONTENTS) p.157. "臨終임종을 마치고 나는 뒷곁으로 가서 五月오월ㅅ속에서 잉잉거리는 벌떼 파리떼를 보고 있었습니다." 이상의 글에 복숭아 꽃이 滿發만발한 때라고 했으니 李箱이상의 백부 金演弼김연필의 小喪소상은 음력 4월이다.

8  『이상선집』(1949. 03. 21. 백양당/2016.03.31. 42 MEDIA CONTENTS) p.65.

이상이 금홍을 일시적 遊戲유희나 불장난의 대상으로 삼지 않고 아내로 삼은 이유에는 두 사람만 서로 통하는 특별한 감정이 있었을 것이다. 지식인 특유의 '나르시시즘적[Narcissism] 나태함'까지도 편히 받아주는 집시[Gipsy] 같은 奔放분방함, 배운 티를 내며 도도한 여인네보다는 숨김없이 마음을 열어준 금홍이에게 이상도 마음이 끌렸을 법하다. 錦紅금홍이 李箱이상에게 마음을 준 것은, 이상의 외모가 여성을 끌어당길 만큼 잘생겼기 때문이었을 것이다. 金起林김기림은 첫 만남에서 느낀 이상을 아래와 같이 회고하였다.

> "무슨 싸늘한 물고기와도 같은 손길이었다. 대리석 처럼 흰 피부, 유난히 긴 눈사부랭이와 짙은눈섭, 헙수룩한 머리 할것없이, 丘甫구보[9]가 꼭 만나게하고 싶다던 사내는, 바로 젊었을적 「D·H로-렌쓰」의 사진 그대로인 사람이었다. 나는 곧 그의 비단처럼 섬세한 육체는, 결국 엄청나게 까다로운 그의 정신을 지탱하고 섬기기에 그처럼 소모된 것이리라 생각했다."[10]

---

9    朴泰遠박태원은 仇甫구보, 丘甫구보, 九甫구보, 夢甫몽보 등의 아호를 썼던 것으로 전해진다.

10   『李箱選集이상선집』(1949. 3. 31. 白楊堂백양당) p.1.

이상의 외모와 지식인에 대한 막연한 憧憬동경, 나혜석과의 만남에서 보였던 것처럼 여성의 페미니즘에 대해서도 별 거부감이 없었던 李箱이상이 기생이라는 금홍의 직업이나 '經産婦경산부(출산경험이 있는 여인)'라는 것조차 尋常심상하게 받아들여 평범한 여성처럼 대했던 것이 금홍에게도 기대고 싶은 마음을 갖게 하였을 것이다.

錦紅금홍의 외모에 관해서는 별 기록이 없는데 〈레이디경향〉 1985년 11월호에 金玉姬김옥희가 금홍이 모습을 증언한 내용이 있다. "제가 카페 '제비'에 가면 큰오빠는 홀에서 친구들하고 이야기를 나누고 있고 금홍이는 주로 뒷방에서 자고 있곤 했어요. 저는 주로 큰오빠의 빨랫감만 받아서 곧 돌아오곤 했기 때문에 별로 이야기를 나눈 적이 없었지만 굉장히 살결이 곱고 예쁜 여자였어요. 그에 비해서 변동림이라는 여자는 얼굴은 금홍이만 못했죠." 趙容萬조용만도 금홍이를 "예쁘장한 여인"이라고 표현하였는데, "그 몸에 錦紅금홍이를 당해낼테요?"라는 金素雲김소운의 말에는 많은 含意함의가 담겼다.


## III. 제비 다방 개업

具光謨구광모의 글에 의하면 1933년 6월초에 제비 다방

朴泰遠 유모어콩트 중의 박태원 그림(1939년 2월 조선일보)

을 개업하여[11], 금홍을 마담으로 앉히고 동거했다.

　그러나 금홍은 말이 마담이지 나돌아다니기 일쑤였고, 가게는 수영이라는 소년이 지켰던 듯하다. 이는 朴泰遠박태원이 쓰고 그린 自作自畵자작자화 유머어콩트 「제비」의 삽화 중 금홍이 얼굴 옆에 "매덤은 어델가고"라고 쓴 표현에도 잘 드러나 있다. 박태원의 이 삽화 한 컷은 당시 이상이 운영하던 제비 다방의 실태를 如實여실하게 보여주고 있거니와 돈을 벌기 위해 시작한 사업이지만 장사나 돈 챙기는 데는 허술하기만 했던 이상에게 애초부터 할 수 있는 사업이 아니었다. 삽화 속의 "나나오라는 팔아먹고"라는 문구는 제비 다방에 있던 日製일제 '나나오라[七欧·ナナオラ] 蓄音機축

---

11　林鍾國임종국의 이상연보 1933년 조에, "歸京귀경하여 鍾路一街종로1가에서 茶房다방 「제비」를 開業개업(7월 14일). 錦紅금홍이와 同居동거." 라고 기록해 있다.(『李箱全集이상전집』 1966年 12月 10日 文成社문성사) p.462

음기'를 말한다. 이렇게 3년이나 버텼으니 꽤 오래 버틴 셈이다.

목탄 연필로 그린 李箱이상의 마지막 자화상이라는 그림에는 日語일어로 된 짧은 문장, 이상의 서명 등이 있어서 큰 의미가 있다. 姜敏강민 시인이 소장하고 있는 것으로 알려진 이상 舊藏구장의 쥘 르나르(Jules Renard)의 『田園手帖전원수첩』 한쪽에 그려져 있다고 하는데, 이 그림을 〈讀書新聞독서신문〉에 소개한 林鍾國임종국의 글을 옮기면 아래와 같다.

"재미있는 책이 발견되었다. 李箱이상의 自畫像자화상과 親筆친필 사인과 落書낙서 한 구절이 적혀있는 李箱이상의 藏書장서 한 권이다. 책 이름은 '줄. 르날'의 『田園手帖전원수첩』이다. 東京동경 神田區신전구 神保町신보정 三丁目삼정목 二一番地이일번지 金星堂금성당 발행이며 譯者역자는 廣瀬哲士광뢰철사, 中村喜久夫중촌희구부 兩人양인. 昭和九年소화구년, 즉 1934년 9월 10일에 발행된 菊版국판 2백 面면의 책이다. 李箱이상이 이 책을 소유했던 시기는 첫째, 국내 시장에 配付배부되는 시간을 계산해서 1935년 무렵으로 생각할 수 있다. 발행 1934년 9월인 책이 국내시장에 配布배포되려면 아무래도 6개월 정도는 걸리지 않겠는가? 둘째, 1936년 10월- 1937년 4월에 걸쳤던 東京동경 시절의 藏書장서라고도 할 수 있다. 근거는 그 책이 東京동경 神田區신전구 神保町신보정 三丁目삼정목 二一番地이일번지 金星堂금성당 발행이라는 점이다. 당시 李箱이상의 동경 주소는 東京동경 神田區신전구 神保町신보정 三丁目삼정목101의 四사. 石川석천이라는 사람의 집이었다. 歿後몰후 李箱이상의 遺物유물은 부인[변동림. 畵家화가 樹話수화 金煥基김환기 부인: 필자 註]의 손으로 일체 한국으로 옮겨졌다."

1920년대나 1930년대에도 關釜連絡船관부연락선이 매일 오가는데, 配送배송 일정이 지금 같지는 않았겠지만 출간된 책을 주문하고 받는데 한 달 전후면 충분했을 것이고, 일본에서 출간되는 책을 찾는 독자가 많았으므로 서울에도 金城堂書店금성당서점을 비롯해 일본책을 파는 서점이 여러 곳 있었다. 따라서 李箱이상이 가지고 있던 『田園手帖전원수첩』은 제비 다방 시절 藏書장서가 분명하다. 鄭炳昱정병

욱은 〈잊지못할 윤동주의 날들〉에서 2,30년대의 서점 巡廻 순회를 회고했고, 박태원의 글에도 『전원수첩』에 관한 내용이 있다.

　　"하학후에는 소공동 한국은행 앞까지 전차를 타고 나가 충무로 일대의 책방들을 순례했어. 至誠堂(지성당), 日韓書房(일한서방), 마루젠(丸善), 群書堂(군서당)과 같은 신간서점과 구서점들을 돌고나서 후유노야도(冬の宿)나 남풍장(南風莊)이란 음악다방에 들러 차를 마시며 새로 산 책들을 펴보곤 했지. 가끔은 극장에 들러 영화를 보기도 하고, 다시 명동에서 도보로 을지로를 거쳐 청계천을 건너 관훈동 헌책방을 순례하고 돌아오면 이미 어둑해져 거리에 전기불이 환하게 밝혀졌지."

　　"어느날 尚虛상허(李泰俊-注)의 耕讀精舍경독정사에서 몇 사람의 벗이 저녁을 먹은 일이 있다. 그 자리에서 시인 이상은 줄 르나르의 『전원수첩』 속에서 읽은 것이라고 하면서 이런 이야기를 하였다. '겨울날 방안에 가두어 두었던 카나리아는 난로불 온기를 봄으로 착각하고 그만 날개를 푸닥이며 노래하기 시작하였다고-.' 우리는 르나르의 기지와 시심을 일제히 찬탄했다. ……그 이야기를 꺼내놓은 이상의 마음에도 역시 봄을 그리는 생각이 남아 있어서 그 감정을 그러한 실없는 듯한 이야기속에서라도 풀어버리는 게 아닐까.(1935년 金起林김기림, 봄은 詐欺師사기사)" / "(茶店다점 麥맥의)四面壁사면벽에 그림이나 사진을 걸어놓는 대신 르나르의 『田園手帖전원수첩』에서 몇 편을 골라 붙혀놓는 등 일반 선량한 喫茶店끽다점 巡訪人순방인의 嗜好기호에는 결코 맞지않는 것이었다.(1937년 朴泰遠박태원-李箱이상의 片貌편모)"

權寧珉권영민은 문학카페 강연에서 李箱이상의 自畵像자화상으로 알려진 이 그림이 친구 朴泰遠박태원을 그린 것이라고 주장하였다.

"나는 이 그림의 인물이 이상의 절친한 문우였던 구보 박태원이라고 생각한다. 이 그림은 이상이 그린 박태원의 초상이다. 이를 확인하기 위해서는 그림의 왼쪽에 적어 넣은 일본어 문구를 좀더 정밀하게 검토할 필요가 있다. 일본어 원문을 그대로 옮기고 이를 풀어보면 다음과 같다.

これはこれ札つきの要視察猿
トキドキ人生ノ檻ヲ脱出スルノデ

園長さんが心配スルノテアル

(아, 이거야말로 꼬리표가 달린 요시찰 원숭이

때때로 인생의 울타리(檻함)를 탈출하기 때문에

원장님께서 걱정한단다)"

그러나 아무리 장난끼 많던 李箱이상이라도 '하오' 체를 쓰며 친구들을 존중했던 그가 친구 朴泰遠박태원에게 '원숭이'라는 조롱 섞인 표현을 쓰지는 않았을 것이다. 잡초가 우거진듯한 머리도 '갑바머리'로 불리던 박태원의 머리 모양과는 전혀 다르고, 오히려 이상의 머리가 까치집 같다하여 친구들이 '鵲巢작소'로 불렀다는 일화와 일치한다. 이상의 일본어 메모는 식민지 천재의 內面내면에 잠재했던 鬱鬱울울한 心思심사를 '烏瞰圖오감도' 같은 難解詩난해시를 쓰며, 현실 도피처로 삼은 자신의 처지를 장난삼아 끄적거린 것은 아닐까.

張遇聖장우성의 회고록 『畫壇화단풍상 七十年칠십년』에 이 그림을 묘사한 듯한 기록이 있다.

"그 유명한 소설가 李箱이상은 낙랑파라에서 살다시피 하다가 아예 광화문 비각 옆에 프랑스식 카페 '제비'를 차렸다. 그는 낙랑파라에 붙어살면서 다방 경영방법을 배워 제비를 짭짤하게 운영했다. 우리는

낙랑을 단골로 하고 제비에도 가끔 들렸다. 이상은
제비다방에 앉아서 연필로 자화상을 그려서 다방 벽
에 걸었다. 머리가 무성한 잡초처럼 그려진 자화상을
보고 손님들은 미소를 지었다. 제비에 걸렸던 그 자
화상은 이상이 서울을 탈출할 때 吳章煥오장환에게 주
어 그 후부터는 오씨가 경영하던 책방 '南蠻書房남만서
방' 정면에 걸렸다"[12]

"이상은 제비 다방에 앉아서 연필로 자화상을 그려서
다방 벽에 걸었다. 머리가 무성한 잡초처럼 그려진 자화
상"이라는 표현은 바로 『田園手帖전원수첩』의 자화상을 표
현한 것과도 같다. 이상은 심심파적으로 자화상을 그려서
제비 다방에 걸고, 책을 읽다가 다시 같은 자화상을 책 한
편에 그려 넣었던 것이다. 화가가 한 번 그린 것을 똑같이
한 점 더 그리는 것은 그리 어려운 일이 아니다.

"그는 낙랑파라(樂浪パラ/樂浪parlor)에 붙어살면서 다방 경
영방법을 배워 제비를 짭짤하게 운영했다."는 장우성의
회고는 제비 다방 末期말기의 운영 실태와는 전혀 다르다.
제비 다방 초기에 가끔 들렸던 장우성의 기억에는 꽤 장
사가 잘되던 初期초기 모습만 기억 속에 남아 있었을 것이

---

12  장우성 『畫壇화단풍상 七十年』(2003. 10. 10. 미술문화) p.46.

다. 장우성 회고록에는, "身苦신고를 무릅쓰고 열심히 공부
해 화명을 날렸던 서양화가 西山서산 具本雄구본웅도 종로
에 '모나미' 다방을 냈다."는 기록도 있는데, 그 시기는 자
세히 알 수 없다. 다만 都相鳳도상봉 연보에, "1930 /《개인
전》, 종로 모나미다방"이라는 기록이 있으니 도상봉이 畵
友화우 구본웅이 운영하는 다방에서 개인전을 열었을 가능
성은 짐작해 볼 수 있다.

구본웅은 1928년 동경에 있는 가와바타미술학교[川端畵
學校]에 입학하여 공부했고, 이듬해에는 일본대학 美學科미
학과에서 미술이론을 전공했으며, 1930년에는 태평양미술
학교 정규과정에 입학해 미술을 공부했다. 그런 중에도 그
는 1929년에 잠시 귀국하여 姜妊강임과 결혼했고, 1934년
에 아주 귀국할 때까지 수시로 한국과 일본을 오가며 국내
에서 개인전을 개최하거나 金瑢俊김용준·吉鎭燮길진섭·李馬
銅이마동·金應璡김응진 등과 白蠻洋畵會백만양화회를 조직하는
등 미술계 활동을 이어갔다. 그 과정에서 1927년 동경미술
학교를 졸업하고 동경에 남아 연구를 계속하던 都相鳳도상
봉과도 자연스럽게 交遊교유하게 되었고, 귀국 후 具本雄구
본웅의 모교인 儆新學校경신학교 교사로 부임한 도상봉이 구
본웅이 운영하던 종로 모나미 다방에서 개인전을 개최하
게 된 것이 아닌가 한다.

장우성 회고록에 따르면, "(낙랑파라는)1931년 7월 7일에

문을 연 뒤 문화계의 반응이 좋아 서울에는 다방이 연이어 생겨나기 시작했다."고 하였으니 1930년에 종로에 모나미 다방이 있었다면 공예가인 李順石이순석의 낙랑파라보다 1년 앞선 것이다. '鐘路2-98'에 있던 '폰아미바-(ポンアミバー)'가 확인되지만 이것은 다방이 아니고 술을 마시는 '빠'여서 '모나미 다방'과는 다르다. 필자는 2021년 1월 22일 17:37 具本雄구본웅의 막내 아들인 具橓謨구순모(1945)와 통화하여 아래와 같은 답변을 들었다.

> "아버님이 東京동경에 계실 때 유학생들이 모일 수 있도록 사랑방 성격의 다방인지 카페를 여셨다는 말씀은 들었다. 자리를 비울 때도 많았는데, 아버님이 다방을 비우실 때는 다른 학생이 다방을 지켰다고 한다. 그런데 서울에서 다방을 경영하셨는지는 알지 못한다. 우리 집안 분위기나 (장사를 달갑게 여기지 않으시는)나의 祖父조부님 성격으로 보아 (우리 아버님의)다방 경영을 허락하셨을 것 같지는 않다. 서울에서 다방을 경영하셨다고 해도 돈을 벌기 위한 것은 아니었을 것이다."

구본웅이 동경에서 다방을 경영했다는 것은 처음 밝혀진 증언이다. 도상봉 연보와 장우성 회고록을 보면 종로에 모나미 다방이 있었던 것은 분명하다. 모나미 다방과 구본웅의 관계는 자료 확인이 더 필요하겠지만 구본웅이 동경에서 다방을 운영했다면 그가 서울과 동경을 오가며 서울에서도 사랑방 성격의 다방을 경영했을 가능성은 있어 보인다. 李箱이상이 제비 다방을 연 것도 구본웅의 다방 경영에 어느 정도 영향을 받은 것은 아닐까.

그러면 제비 다방은 어떻게 열었을까. 집문서를 저당 잡힌 것은 모든 연구자 의견이 일치하지만, 이는 제비 다방 개업을 위해서가 아니라 다른 이유가 있었다. 李箱이상이 배천(白川)에 가 있을 때 그곳을 찾아간 사람은 구본웅 외에 이상의 보성고보 동창 文鍾爀문종혁도 있었다. 당시 문종혁은 기생 출신의 여인과 사랑에 빠져 있었는데 연인과 함께 배천 온천으로 이상을 찾아갔다. 두 사람은 그곳에서 부부의 緣연을 맺었으나 문종혁의 부친이 완강히 결혼을 반대하여 여인은 음독자살을 기도했다. 부친은 문종혁에게 주던 돈줄을 끊어버렸고 문종혁은 연인의 치료비조차 마련할 길이 없었다. 아래는 문종혁의 증언이다.

"……나는 그녀의 치료비하며 이 일들을 수습하는 데 돈의 궁색을 느꼈다. 이것을 안 상은 그의 집문서를 나에게 두말없이 건네주었다. 나는 이것을 取人店취인점(전당포·필자 註)에 잡히고 일부의 돈을 빼어 급한 일을 모면했다.…… 나는 상이 죽는 날까지 아니 현재까지도 그 돈을 갚지 못하고 있다. 나의 죄책감이라 함은 이것이다. 돈 7, 8백원—요새 돈으로 하면 2,30만 원[13]에 불과하다. 그러나 나는 상이 살아생전 그것을 갚지 못했고 그것으로 인해서 상이 받은 영향은 너무도 컸다고 생각되기 때문이다. 상은 이 일 때문에 꼭 두 번 나를 찾아왔다. 그러나 나도 나의 아버지도 그것을 갚을 처지가 못 됨을 알았을 때 다시는 입을 연 일이 없다. 뿐만이 아니다. 나를 罪友죄우로서 대접한 일이 없다."(「深深山川심심산천에 묻어주오」 문종혁 『女苑여원』 1969. 4.)

　작품 속 이상의 모습이나 친구들의 증언으로 드러난 이상은 어려운 처지의 친구에게 빌려준 돈을 끝내 받아낼 성격이 되지 못한다. 김옥희는 "통인동 154번지 집문서를 잡힌 돈으로 제비 다방을 차렸다."고 증언했지만, 집문서를 담보로 돈을 빌려 일부를 문종혁에게 주고 나머지 돈으로 제비 다방을 차렸을 蓋然性개연성이 크다.

---

13　1960년대 후반 월급을 많이 받는 이가 10만 원 정도 받았으니 당시 30만 원은 결코 적은 돈이 아니고, 1930년대에 7, 8백 원도 기와집 한 채 값에 가까우니 적은 돈이 아니다.

## IV. 제비다방 위치 및 변동림과의 동거

### IV.1. 제비 다방의 위치 확인

李箱이상에게는 많은 여인이 있었던 것으로 보이지만 결혼한 여인은 錦紅금홍과 卞東琳변동림이다. 필자가 IV 章장의 冒頭모두에 金鄕岸김향안을 굳이 변동림이라고 다시 밝히는 이유는 이상과 결혼했을 때의 이름은 改名개명하기 전의 卞東琳변동림이고, 1944년 5월 1일 樹話수화 金煥基김환기와 재혼하면서 "金東琳김동림으로 改名개명했다."고 스스로 밝혔는데도 연구자들마저 '金鄕岸김향안'으로 잘못 알고 있는 경우가 많기 때문이다.

李箱이상과 錦紅금홍의 제비 다방 이야기는 世間세간의 흥미를 끄는 이야깃거리로 여러 사람의 입에 膾炙회자되어 왔을 뿐 정작 제비 다방에 대하여는 사진 한 장도 남아 있는 것이 없다.

필자는 2017년 2월 9일 12시 50분부터 약 두 시간가량 강남구 삼성동 현대백화점 10층 '수하동'이라는 식당에서 구본웅의 차남인 具相謨구상모(1937)와 막내아들인 具橓謨구순모(1945)를 인터뷰했고, 2월 14일 오후 다시 구순모와 종로에서 만나 제비다방 위치를 확인하였다.

두 분의 증언에 의하면 신명학교 시절 구본웅은 이상과

左〉具橚謨 具相謨 필자(2017. 02. 09. 삼성동 현대백화점 10층)

도 가까웠지만 李相昊이상호와 더 가까워 친형제처럼 지냈다고 한다. 이상호는 학교에 갈 때면 몸이 불편한 구본웅을 위해 가방을 들어주기도 했다. 이상호는 선린상업학교를 졸업했는데 구본웅의 부친 具滋爀구자혁은 이상호의 학비를 도와주었을 뿐 아니라 한성은행에 들어갈 때 신원보증까지 서 주었다고 한다. 구순모는, "내가 학교에 다닐 때 매일 같이 출근길의 이상호 아저씨와 중간에서 만났는데, 얼마나 정확한 분인지 그분을 만나지 못한 날은 내가 학교에 지각하는 날이었다. 이상호 아저씨는, '구본웅과 李箱이상, 나 셋은 같은 반이었는데 구본웅은 글씨를 잘 썼고 金海卿김해경은 말을 잘했고 나는 공부를 잘했다. 이상은 장난이 심하고 辯士변사 흉내를 잘 냈다.'고 하면서 이상의 변사 목소리를 흉내 내 보여주기도 했다."고 증언하였다.

이상이 無聲映畫무성영화의 辯士변사 흉내를 잘 냈다는 내용과 관련하여 1973년 5월호『아시아公論공론』에 연출가 李眞淳이진순이 쓴 〈東京時代동경시대의 李箱이상〉이라는 글이 있다.『아시아公論공론』은 우리나라의 韓國弘報協會한국홍보협회에서 일본어로 발행하던 잡지다. 이진순은 우리나라 연극 연출의 제1세대로 당시 일본대학 藝術科예술과에 다니며 동경에 와서 머물던 李箱이상과 자주 어울렸던 분으로 이상의 임종을 지키기도 했다.

"그 날은 그를 환영하는 좌석으로 되고 술잔이 오고 가고, 노래가 시작되었다. 李箱이상의 차례가 되니 그는 느닷없이 일본 나니와부시(なにわぶし-浪花節 : 일본 고유의 노래로 우리나라 판소리처럼 혼자서 노래도 부르고, 辭說사설도 한다.)를 걸걸한 쉰 소리를 만들어 부르는 데는 모두 腰折腹痛요절복통을 했다. 그는 술도 잘했고 유머가 있고, 博識박식하고, 노래도 잘 부르고, 문학뿐만 아니라 繪畫회화, 음악, 심지어 연극에까지 一家見일가견을 가진 데는 정말 놀랐다."[14]

이런 李箱이상은 시대와 생활의 桎梏질곡에 눌려 숨 한번 제대로 쉬어보지도 못한 채 自嘲的자조적 놀이인 몇 편의 詩

시와 소설 속에서만 비명을 지르며 홀로 스러져간 것이다.

몇 년 전 여진환 씨가 만든 지도에 "44번지 J.B./제비(이
상운영카페)"라고 기록했고, "34번지 바 제비"라는 또 다른
'제비'가 '電光전광 1857'이라는 전화번호가 적힌 명함과 함
께 소개되어 있다. 어느 근대 자료 수집가 所藏소장의 '바-
제비' 성냥에도 '電光전광 1857'이라는 전화번호가 있는데
李箱이상의 제비 다방과는 관계가 없다.

1933년에 만든 〈京城精密地圖경성정밀지도〉에는 조선광무
소가 청진동 들어가는 길 오른쪽의 43번지로 되어 있어 이
곳을 '제비다방'이라고 하는 연구자들도 있으나, 『三千里삼
천리』에는, "(제비 다방은)總督府총독부에 建築技師건축기사로도
오래 다닌 高等工業고등공업 出身출신의 金海卿김해경씨가 經
營경영하는 것으로 鐘路종로서 西大門서대문가느라면 10여집
가서 右便우편 페-브멘트[포장도로-필자 註] 엽헤 나일江畔강반
의 遊客船유람선가치 운치 잇게 빗겨선 집이다."[15]라는 기록
도 있다.


'鐘路종로서 西大門서대문가느라면 10여집 가서'라는

---

14 李眞淳이진순「東京時代の李箱」(1973. 05. 『アジア公論』 韓國弘報協會한국홍
보협회)

15 「喫茶店評判記끽다점평판기」『三千里삼천리』 제6권 제5호(1934. 5. 1.)

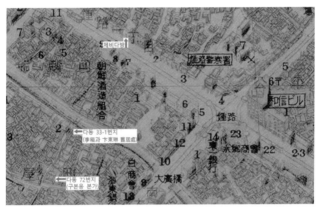
1936년에 제작된 〈京城府大觀〉의 鐘路 1街와 茶洞 일대

『三千里삼천리』잡지의 기록은 여진환 씨가 만든 지도와는 약간 차이가 있다. 1936년에 제작된 〈京城府大觀경성부대관〉은 당시의 서울을 李箱이상의 詩시 烏瞰圖오감도처럼 하늘에서 내려다본 항공뷰 형태로 만든 것인데 여기에 종로1가 네거리부터 열 번째 집을 표기해 보면 이상의 제비 다방 위치를 특정할 수 있다.

필자는 2017년 2월 9일에 이어 2월 14일 오후 종로에서 구본웅의 三男삼남 具橉謨구순모와 다시 만나 인터뷰를 하고 함께 제비 다방의 정확한 위치를 다시 확인하였다. 구순모는, "큰형은 어릴 때 아버지를 따라 다방에 자주 갔었다고 한다. 그래서 큰형이 살아 계실 때 함께 다방이 있던 곳에 와본 적이 있는데 바로 이곳이었다."고 회고하였다. 구본웅의 맏아들 具桓謨구환모가 1974년 『世代세대』지에 쓴 글에 제비 다방 이야기가 실려 있다.

> "李箱이상의 이야기가 나왔으니 말이지 그 분은 나
> 를 무척이나 귀여워해주었다. 그때 나는 父親부친을
> 따라 그분의 집에 자주 놀러 갔었는데 그분은 나에게
> 매번 50전씩 용돈을 주고는 했었다. 당시 그 돈이면
> 20전으로 優美館우미관 같은 극장에서 서부활극을 구
> 경하고 나머지로 중국집에서 우동을 사먹고도 남는
> 돈이었다."[16]

구순모가 확인해 준 그곳의 1967년도 지적도상 地番지번
은 종로 1가 33-1번지다. 지금은 'NAIN'과 'BUILD'라는 옷
가게가 들어서 있는데 두 가게를 합친 곳이 제비 다방 자
리다. 〈京城府大觀경성부대관〉 종로 1가와 茶洞다동 일대에
李箱이상의 제비 다방, 卞東琳변동림과의 同居處동거처, 具本
雄本家구본웅본가 등을 표시해 보면 직선으로 불과 3백 미터
도 되지 않는다.

---

16  具桓謨구환모 「나의 아버지 구본웅」(『世代세대』 제12권 통권 131호 1974. 06.)
pp.140~145.

## IV.2. 李箱이상과 卞東琳변동림의 동거

李箱이상과 卞東琳변동림의 동거는 錦紅금홍과 헤어진 이후겠지만 두 사람이 알고 지낸 것은 훨씬 빨랐다고 보아야 할 것이다.

張遇聖장우성의 『畫壇화단풍상 七十年칠십년』에는 1931년 7월 7일 낙랑파라가 문을 열었다고 하였다. 장우성의 회고에 의하면, "이순석 씨가 경영할 때는 여자 종업원이 없고 12~13세의 미소년 두 명이 차를 날랐고, 뮤직 플레이를 담당한 卞東昱변동욱이란 남자 한 명이 있었다."고 하였는데, 변동욱이 바로 변동림의 오빠다. 훗날 金東琳김동림이 金鄕岸김향안이라는 筆名필명으로 간행한 『月下월하의 마음』에는 이상과 변동림의 遭遇조우가 언제였는지를 짐작케 하는 내용이 있다.

"1934년 英學塾영학숙 입학기를 놓치고 아테네 프랑세를 몇 달 다니다 돌아오니까 오빠는 이화대학을 권유했다.…… 李熙昇이희승 선생께 우리의 고대문(古代文) 강의를 들었고 일본 선생이 와서 일본의 고대문학을 강의했다. 그 무렵 오빠는 친구와 동업으로 다방을 경영했다. 이상과 친구가 되어 있었다. 나는 커피를 마시러 하루 한 번씩 다방에 들렸다.…… 나는 오빠가 경영하던 다방에 커피와 음악이 좋아서 학교서 파하면 한 번씩 들렸지. 다방에 들어가면 한편 구석 자리에 조용히 앉았지. 혹 들고 간 책이 있을 땐 책을 꺼내서 읽으면서 음악을 듣고 있으면 레지 애가 그냥 커피를 가지고 왔지. 나는 커피를 맛있게 마시면서 음악을 좀더 듣다가 오빠가 나한테 오면 오빠 얼굴 한 번 쳐다보고, 가끔 용돈도 얻어가지고 집에 왔는데, 하루는 갑자기 주위가 시끄러워지는 것 같더니 레지 애가 설탕 그릇을 들고 가는 것을 보았어. 내 옆 테이블에 상이 와 앉았다가 설탕을 만졌다는 것 같애."[17]

具本雄구본웅의 堂姪당질 具光謨구광모의 글에 따르면 변동림은 1남2녀 중 장녀라고 하였는데 낙랑파라의 음악을 담당했던 변동욱은 변동림의 同母동모 오빠다. 구본웅을 정성껏 길러준 繼母계모 卞東淑변동숙은 변동림의 異腹이복 언니이며 본부인 소생으로 1890년생이니 변동림과는 26살이나 차이가 나는데, 이상이 죽은 후에도 잠시 언니인 변동숙의 집에 기거했다고 한다. 변동림의 改名개명 이유와 김환기의 再婚재혼에 관해서는 구광모의 「구본웅 이상 나혜

---

17  김향안 『월하의 마음』(환기재단 2016. 7. 25. 3쇄) p.380~382.

석의 우정과 예술」에 그 顚末전말이 자세히 밝혀 있다.

　　"이상이 죽은 후 변동림이 樹話수화 金煥基김환기 화
　　백과 재혼한다고 했을 때 그에게 본부인이 있는데 첩
　　살이하는 꼴이거나 본부인을 내쫓는 악행을 저지르
　　는 것 아니냐며 변동림의 머리채를 잡아 뒤흔들 정도
　　로 그들의 혼인을 극력 반대했다. 이에 흥분한 변동
　　림은 변씨 가문과 인연을 끊겠다며 金鄕岸김향안으로
　　이름을 바꾸고 김환기와 동거에 들어갔다. 몇 년 후
　　에 그들은 본부인을 내쫓고 정식으로 결혼했다."[18]

　　김동림은 평생 자신의 어머니를 비롯한 친정에 대한 과
거를 덮어 버리고 싶은 마음이 깊었을 것이다. 구광모도
'김향안'으로 이름을 바꿨다고 했지만, 卞東琳변동림은 '金
東琳김동림'으로 개명했고 金鄕岸김향안은 필명이라고 스스
로 밝힌 바 있다.

　　"그래, 나의 본명은 卞東琳변동림이고 법적으로 쓸

---

18　具光謨구광모 「友人像우인상과 女人像여인상-구본웅 이상 나혜석의
　　우정과 예술」(2002년 11월 『新東亞신동아』)

때 김동림이가 되고 김향안은 나의 필명이다."[19]

李熙昇이희승 선생이 梨花女專이화여전 교수로 부임한 것은 1932년 4월(『梨花이화 80年史년사』에는 6월)이니 1934년에 이희승 선생의 강의를 들었다는 김향안의 회고는 맞지만 오빠 변동욱이 친구와 동업으로 낙랑파라를 경영했다는 내용은 장우성의 회고와는 다르다.

변동욱에 대하여는 이름 외에는 알려진 것이 없고, 1945년에 창간된 좌익 계열 週刊誌주간지 『朝鮮週報조선주보』 제1권 제6호(1945. 11. 26.)에 編輯兼發行人편집겸발행인으로 잠시 卞東昱변동욱의 이름이 보인다. 단기 4279년 2월 2일자 『조선주보』 제9호의 편집겸발행인은 鄭太陽정태양인데, 朴泰遠박태원 정태양과 경기중학교 동창인 趙容萬조용만의 회고에 따르면 조용만은 '丙班병반'이고, 박태원과 정태양은 3학년까지 '丁班정반'이었는데, 정태양은 후에 鄭人澤정인택으로 이름을 바꿨다고 한다.[20] 그래서 그런지 『조선주보』 제9호에는 박태원인 쓴 「掠奪者약탈자」라는 소설도 보인다. 변동욱은 1946년 3월에 결성된 全朝鮮文筆家協會전조선문필가협

---

19 「이상에서 창조된 이상」(김유중·김주현 편, 『그리운 그 이름, 이상』, 지식산업사, 2004) 179면.

20 趙容萬조용만 「이상 시대, 젊은 예술가들의 초상」(『그리운 그 이름, 이상』 2004. 10. 30. 지식산업사) p.292

회에 추천회원으로 이름을 올린 것이 확인되고, 육이오 때 越北월북한 것으로 알려져 있다.

이상은 다방 폐업 후 카페 쓰루[つる·鶴]를 인수해 운영하다가 얼마못가 문을 닫고 다동 33-1번지로 이사하면서 변동림과 동거를 시작했다. 서정주는 당시 이상이 살던 집이 입정동이라고 하였지만 김옥희는 水下洞수하동에 있는 아파트라고 하였고, 趙容萬조용만도 이상과 변동림이 수하동에 살았다고 증언하였다.

"구보는 정인택의 보고를 듣고, 둘이서 습격하기로 하고 정인택은 수하동에 있는 이상의 집을 찾으러 나섰다. 수하동은 長橋장교에서 을지로로 나가는 중간에 있는 작은 동네여서 찾기가 힘들지 않았다. 그 동네는 옛날 이름으로 구분다리골, 보시꼬지골 속에 들어 있었다. 정인택은 통장과 반장을 통해서 알아 놓았다. 기와집 뒤에 줄지어 붙어 있는 일본식 나가야[長屋] 속에 있었다. 나가야란 것은 우리나라로 친다면 출행랑에 해당하는 것으로 똑같은 모양의 대여섯 칸짜리 집이 한 일(一)자로 기다랗게 붙어 있는 집이었다. 문패도 없고 號호수로 알게 되었다.(조용만)"[21]

---

21  趙容萬조용만 「이상 시대, 젊은 예술가들의 초상」(『그리운 그 이름, 이상』

1936년에 제작된 〈京城府大觀〉의 鐘路 1街와 茶洞 일대

이상이 스스로 고백한 「날개」 속 33번지는, 李箱이상과
卞東琳변동림이 구본웅 본가에서 50m도 거리도 안 되는 '茶
洞다동 33-1번지'에서 同居동거했다는 구본웅의 막내아들 具
橓謨구순모의 증언과도 합치되며, 열여덟 가구가 한 곳에
산다는 집의 구조는 누이동생 玉姬옥희가 말한 일본식 아
파트나 조용만이 말한 나가야(長屋-ながや)와 일치하는데, 여
러 가구가 모여 사는 一字式일자식 集合構造집합구조의 거주
형태다.

　　"그 三十三번지라는것이 구조가 흡사 유곽이라는

2004. 10. 30. 지식산업사) p.341

느낌이 없지 않다. 한번지에 十八가구가 죽- 어깨를 맞대고 늘어서서 창호가 똑 같고 아궁지 모양이 똑 같다. 게다가 각가구에 사는 사람들이 송이송이 꽃과 같이 젊다."[22]

조용만이 말한 구분다리골은 삼각동에 있었는데 조용만도 다동과 가깝게 붙어 있는 삼각동과 수하동 長橋장교 등의 위치를 정확히 기억했다기 보다는 이상과 변동림이 살던 집의 위치를 어렴풋이 기억해 냈던 것이다. 지도에 표시된 것처럼 종로1가 33-1번지 제비 다방과 다동 33-1번지 등은 구본웅 본가인 다동 72번지와 가까운 곳에 있어 이 일대가 이상의 활동 범위였을 알 수 있다. 제비 다방과 이상이 변동림과 동거했던 번지수가 모두 '33-1번지'인 것은 재미있는 우연이다.

卞東琳변동림과 同居동거 중인 이곳으로 자신을 찾아온 朴泰遠박태원과 鄭人澤정인택에게 李箱이상은 "여러가지로 미안하게 되었는데, 그것은 다 莫說막설하고 나 그새에 장가 들었소."라고 하였다. 이상과 변동림의 결혼식에 "6,7명의 구인회 하객들이 흥천사까지 와서 축하했다."는 기록도

---

22 『李箱選集이상선집』(1949. 03. 21. 白楊堂백양당/2016. 03. 31. 42 MEDIA CONTENTS) p.14.

있으므로 이상의 결혼식을 친구 박태원과 정인택이 몰랐을 리 없고, 또 결혼식을 올린 이후라면 이상이 굳이 "새로 장가들었다."는 말을 할 필요도 없다. 정인택의 글은 매우 중요한 사실을 전하고 있다.

　"笠井町입정정 어두컴컴한 방 말이 났으니 말이지만 그 방이란 이상 자신보다도 불쌍한 방이었다. 하루종일 햇볕이 안 든다느니 보다 방이 구석지고 천장이 낮고 하여 지하실같이 밤낮 어둡고 침침하고 습하고 불결하고 해서 성한 사람이라도 그 방에서 사흘만 지내면 病客병객이 되고 말 지경이었다. 동경으로 떠나가기 전 반 년 동안을 이상은 그 쓰레기통 같은 방 구석에서 그의 심신을 좀먹는 肺菌폐균을 제 손으로 키웠다.…… 또- 그것도 역시 겨울. 눈이 몹시 내린 무슨 음악회인지가 끝난 날 밤이다. 이상과 나와는 사람들 틈에 끼어서 공회당을 나오며 太平通태평통을 향하여 걷고 있었다. '黃昏황혼의 維納유납[23]이 생각나네.' '응.' '이렇게 눈오는 날 흔히 애욕의 갈등이 생기는 법야.' '누가 그래?' '내가 그러지.' 그러더니 상은

---

**23** 黃昏황혼의 維納유납 : 오스트리아의 윌리 프로스트(Willi Forst)가 감독한 오페레타 영화. 1934년에 개봉됨. '維納'은 오스트리아 '비엔나'

별안간 '빼갈 한 잔 하세.'하더니 우리가 그때 '도스토에프스키 집'이라 부르던 大漢門대한문 앞 누추한 집으로 나를 끌고 들어갔다. 그리하여 술이 얼근히 취하더니 그는 이유 없이 나를 罵倒매도하며 '네까짓 게 여자를 사랑할 줄 아느냐?'고 상을 찡그리고, 그리고 나서 비로소 자기가 그의 두 번 째 부인을 얼마나 사랑하고 있는가를 고백하기 시작하였다. 그는 처음으로 내 앞에서 눈물을 흘리며 그렇게 사랑하고 있으나 결혼할 수는 없다고, 도저히 결혼할 수 없다고 하소연하고 그러다가는 별안간 식어빠진 술잔을 꿀꺽 들여마시고, '그래두 결혼한다. 네까짓 게 욕해두 나는 결혼하구 만다.'고 외치며 눈 속으로 뛰어나갔다. 그날 밤 그는 커다란 텁석부리 이상은 내 품안에서 밤새도록 떨며 울더니 얼마 안 되어 이상은 정말 同棲동서생활을 시작하였다."²⁴

인용문에서 "역시 겨울. 눈이 몹시 내린 무슨 음악회인지가 끝난 날 밤"에 이상은 정인택에게 변동림과의 동거

---

의 한자식 표기. 일본어 가타가나는 'ウィーン'으로 표기.

24 정인택, 「불쌍한 이상」(김유중·김주현 편, 『그리운 그 이름. 이상』 2004년 지식산업사) pp.45-46.

생활을 털어놓았고, 정인택은 변동림을 '두 번째 부인'으로 표현하며 '결혼했다.'는 표현 대신 '同棲동서생활을 시작하였다.'고 썼다. 1935년 겨울이나 1936년 초에 이상과 변동림은 이미 동거를 시작했던 것이다. 동생 金玉姬김옥희도, "결혼식 전 잠깐 변동림 씨를 본 적이 있습니다.……그 집에 들렀다가 봤어요. 그리고 결혼식날 잠깐 본 적이 있지요."라고 하며 이상과 변동림이 동거하던 집에서 변동림을 보았다고 증언하였다.

이상이 변동림과 결혼한 것은 1936년 6월이고, 결혼식 후 석달 정도 동소문 밖에서 살았다. 변동림이 말한 동소문 밖 신혼집은, "좀 떨어져서 개울가에 서 있는 조그만 집, 방 하나와 대청마루와 부엌, 건넌방은 비었고 주인이 와서 살 거라고 했다"고 하여 동거하던 수하동 집 구조와는 전혀 다르다. 이상이 일본으로 떠난 날짜는 1936년 음력 9월 3일(양력 10월 17일)이므로 이상과 변동림은 음력 8월 중순부터 음력 9월 3일까지 한 달간 동소문 밖 집을 떠나 시내에서 살았던 것이다.

李箱이상을 만나기 전 卞東琳변동림에게는 만나는 사람이 있었다. 변동림은 「童骸동해-觸角촉각」에 나오는 '姙임이'가 자신이 아니라고 하였는데, 1964년 12월호 『新東亞신동아』에 소개된 여동생 金玉姬김옥희의 증언에도 변동림을 '임이 언니'라고 지칭했고, 李箱이상의 또 다른 短篇단편 「EPIGRAM」에는 아래와 같은 대화 속에 '姙임이'가 나온다.

　　"'旅費여비?' '補助보조라도 해줬으면 좋겠다는 말이
　지만 '둘이 간다면 내 다 내주지' '둘이' '姙임이와 結
　婚결혼해서-' ……지는 벌써 姙임이와 肉體육체까지 接
　受접수하고 나서 나더러 姙임이와 結婚결혼하라니까 말
　이다.…… '그럼 다 그만두겠네' '旅費여비두?' '結婚결
　婚두'…… '李이를 알지? 姙임이의 첫 男子남자!' '자네
　는 무슨 目的목적으로 妥協타협을 하려 드나' '失戀실연
　허기가 싫어서 그런다구나 그래둘까' '내 고집두 그
　비슷한 理由이유지'…… '끝끝내 이러긴가?' '守勢수세
　두 攻勢공세두 다 우리 집어치세'…… 요 이야기는 요
　만큼만 해 둔다. 姙임이의 男子남자가 셋이 되었다는
　것을 漏洩누설한댔자 그것은 벌써 秘密비밀도 아무것
　도 아니다."[25]

　「童骸동해-觸角인각」에 '姙임이'의 남자로 나오는 '尹윤'과
소설 「EPIGRAM」에 나오는 '李이'라는 남자는 모두 李箱이
상과 아는 남자임을 알 수 있고, 네 사람의 웃지 못할 관계
에서 이상이 혼자 삭여야 했던 凄然처연한 自嘲자조를 이해

25 『李箱全集이상전집』(林鍾國임종국 1966. 12. 10. 文成社문성사) p.147~148.

할 수 있다.

이상이 변동림과 동거하던 곳은 다동 33-1번지인데, 몇 미터 밖에 안 되는 다동 72번지는 변동림의 異腹이복 언니인 변동숙이 며느리와 어린 손자들을 데리고 살던 구본웅의 본가였다. 변동림은 이상과 동거하기 전부터 언니 집에 살면서 구본웅의 맏아들 구환모의 가정교사 노릇을 했다. 구본웅의 막내아들 구순모는 "큰형은 이상과 변동림 할머니가 사는 집에 가서 아저씨에게 동전을 받아가지고 화신백화점 가서 목마 타던 이야기를 하였고, 이상의 집에 다녀 온 것을 할머니가 아시면 굉장히 야단을 맞았다는 이야기를 자주하였다"고 증언하였다. 변동림은 이상이 죽은 후부터 1944년 5월 金煥基김환기와 재혼하기 전까지 다시 언니 집에 들어와 살았다고 한다.

구본웅의 맏아들 故고 具桓謨구환모(1930~2005)는 다동 72번지에서 태어나 태평양 전쟁으로 疏開令소개령이 내려져 1944년에 수원으로 옮겨갈 때까지 살았으므로 집에서 50m도 안 되는 다동 33-1번지를 정확히 기억하고 있었던 것이다. 구환모를 비롯하여 필자에게 증언해 준 구상모 구순모 형제들에게 제비 다방이 있던 종로1가나 다동, 삼각동 수하동 등은 눈감고도 찾아갈 만큼 익숙한 고향이었다. 구본웅의 둘째 아들 구상모(1937년)가 필자와 만났던 강남구 삼성동 현대백화점 10층의 설렁탕집 '수하동'을 단골로 삼은 것도 어릴적 고향 '수하동'과 이름이 같았기 때문이라고 하였다.

　1976년 7월 14일 南庚畵廊남경화랑에서 개최한 「李相範이상범 具本雄구본웅 金基昶김기창 朴壽根박수근 小品展소품전」 도록에 구본웅의 스케치 한 점이 있다. 필자는 이 그림의 얼굴이 구본웅이 그린 야수파 '여인상'의 얼굴 형태와 닮았다고 생각했다. 술자리에 잠든 모습으로 보아 술을 팔던 금홍이를 그린 것이 아닐까라고도 생각했었다. 그런데 구상모 구순모 두 분에게 이 그림을 보여주니 첫눈에 '안경 할머니' 같다고 하였다. 구상모 는 "우리들은 어렸을 때 변동림 할머니를 '안경 할머니'로 불렀다."고 회고하였다. 변동림이 이상과 동거하며 술집에 나가 밤 늦도록 일하고 새벽 두시 세시가 아니면 집에 들어오지 못했다는 정인택의 증언도 있으므로 어릴 때부터 변동림을 가까이서 지켜보았던 두 분의 증언은 정확할 것이다.

　지금까지 具本雄구본웅은 '李箱이상의 친구'로만 기억되어 왔지만 사실 구본웅은

안경 할머니(변동림으로 추정)

태평양 전쟁 말기의 親日친일 글 논란에도 불구하고 排日배일 의식으로 꽉찬 작가였다. 그의 맏아들 구환모는, "(부친이) 일본에서 공부할 때, 중진급 화가인 東鄕동향(とうごう せいじ 토고 세이지-필자 注)[26]에게 얼마간 미술 지도를 받은 적이 있는데, 나중에 구본웅이 조선인이라는 것을 알고 오직 그 이유만으로 구본웅을 멀리하려 하자 토고 앞에 그림물감을 뒤엎고 나와버렸다."고 하였다.

막내아들 구순모도, "구본웅의 부친 구자혁이 일본에 유학할 때 사이토 마코토[齋藤實]의 집에서 심부름을 하며 학비 도움을 받아 공부했는데, 훗날 사이토가 조선총독으로 부임하자 구자혁을 불렀다. 구자혁은 일본어를 유창하게 했지만 통역을 데리고 가서 조선어로 대화를 하니 사이토가 벌컥 화를 내며 서운해 했다."고 증언하였다. 구본웅에 대하여는 이상의 친구가 아닌 화가 具本雄구본웅으로 별도로 그의 一代記일대기를 정리할 필요가 있다.

具光謨구광모의 글에 의하면 李箱이상의 일본행에는 구본웅이 도움을 주었지만 변동림에 대하여는 구본웅의 모친 변동숙이 극구 반대하여 구본웅이 아무 도움을 주지 않았다고 한다. 변동림이 일본행 여비를 마련하기 위해 술집에

---

26  東鄕靑児とうごう せいじ, 1897~1978年) : 일본의 서양화가. 本名은 東鄕 鉄春.

나간 이유가 이것이다.


## Ⅴ. 결론-오감도 읽기


1934년 7월 24일 朝鮮中央日報조선중앙일보에 烏瞰圖오감도
가 게재되고 독자들의 비난과 항의가 빗발쳐 문화부장으
로 있던 李泰俊이태준이 곤욕을 치르고 있을 때, 李箱이상이
朴泰遠박태원과 鄭人澤정인택에게 털어놓은 심정은 이상이
오감도를 쓸 당시의 복잡한 심정과 오감도에 대한 자부심
을 드러내고 있다.


> "그렇지만 두 친구 그 詩는 아무나 쓸 수 있는 그런
> 시하구는 물건이 다르다는 것만은 알아주어야 해요."
> / "왜, 날 보구 미쳤다고 그러는 거야. 그럼 우리가 남
> 보담 백 년이나 떨어져 지내도 좋단 말야! 천만에 말
> 씀! 독자라는 愚氓우맹들을 상대로 하는 내가 불쌍하
> 지만 그렇지만 나는 누구에게도 굴복하지 않을 거야!
> 나는 그냥 내 길을 갈 거야!"[27]

---

27 趙容萬조용만 「이상 시대, 젊은 예술가들의 초상」(『그리운 그 이름, 이상』
2004. 10. 30. 지식산업사) p.302. p.303.

"우리가 남보담 백 년이나 떨어져 지내도 좋단 말야!"라는 절규는 烏瞰圖오감도에 대한 李箱이상의 자부심이 얼마나 큰 것인지 말해준다. 言衆언중의 沒理解몰이해와 비난에 둘러싸였던 이상은 철저히 혼자라는 고독감 속에서 자신의 삶을 사르며 시를 쓴 것이다. 그간 이상의 문학에 대하여는 여러 연구자에 의해 많은 연구가 이루어졌지만, 그 중에서도 金鄕岸김향안과 金起林김기림의 哀詞애사는 시인 이상과 인간 이상에 대한 깊은 이해를 바탕으로 쓴 「이상 찬사」라고 할 수 있다.

"李箱이상은 가장 천재적인 황홀한 일생을 마쳤다. 그가 살다간 27년은 천재가 완성되어 소멸되는 충분한 시간이다."(金鄕岸김향안, 『月下월하의 마음』 p.395.)

"箱상은 필시 죽음에 진 것은 아니라. 箱상은 제 육체의 마지막 조각까지라도 손수 길러서 없애고 사라진 것이리라. 箱상은 오늘의 환경과 種族종족과 無知무지 속에 두기에는 너무나 아까운 천재였다. 箱상은 한번도 잉크로 시를 쓴 일은 없다. 箱상의 시에는 언제나 상의 피가 淋漓임리하다. 그는 스스로 제 혈관을 짜서 '시대의 혈서'를 쓴 것이다.…… 箱상이 우는 것은 나는 본 일이 없다. …… 악마더러 울 줄을 모른다

고 비웃지 말아라. 그는 울다울다 못해서 인제는 淚
腺누선이 말라버려서 더 울지 못하는 것이다.…… 詩
壇시단과 또 내 友情우정의 列席열석 가운데 채워질 수
없는 영구한 공석을 하나 만들어 놓고 箱상은 사라졌
다. 箱상을 잃고 나는 오늘 시단이 갑자기 반 세기 뒤
로 물러선 것을 느낀다. 내 공허를 표현하기에는 슬
픔을 그린 자전 속의 모든 형용사가 모두 다 오히려
사치하다. '故고 李箱이상'-내 희망과 기대 위에 부정
의 烙印낙인을 사정없이 찍어놓은 세 억울한 상형문자
야.(金起林김기림「故고 李箱이상의 追憶추억」『朝光조광』제3권 제6
호-1937. 6.)"

"箱상을 잃고 나는 오늘 시단이 갑자기 반 세기 뒤로 물
러선 것을 느낀다."는 김기림의 哀詞애사는 李箱이상이 朴泰
遠박태원과 鄭人澤정인택 앞에서 "우리가 남보담 백 년이나
떨어져 지내도 좋단 말야!"라고 했던 절규와도 닿아 있다.

변동림은 '烏瞰圖오감도'에 대하여, "- 시는 보고(그림처럼)
그림은 읽는(詩처럼) -을 시도한 거로 본다. 동양의 불길한
'까마귀'와 서양의 불길한 숫자 '13'을 구성해서, 무서운 그
림을 그린 거다.…… 처음엔 열세 아이가 가지각색의 모양
으로 달아나는 모습이 재미나게 보이다가, 점 점 점 무서
운 모습의 아해들로 변한다. 무서워하는 아해와 무서운 아

해가 뒤섞인다. 다시 그것이 아해들이 아니고 그 시대에 사는 우리들 자신의 모습이 된다. 까마귀가 내려다보니까, 우리들은 무서워서 달아날 곳을 찾지만, 땅 위에는 숨을 곳도 달아날 곳도 없었던, 그래서 무서운 아해와 무서워하는 아해들의 전쟁이 벌어진다. 이 까마귀는 일본이었을거다.……"[28]라고 하였다.

필자는 이상의 시 「詩第十號시제십호 나비」야 말로 현실 속 艱難간난과 육체라는 物物에 갇힌 채, 思惟사유마저 제한당해야 했던 식민지 천재의 囚神的수신적[29] 고뇌를 상징적으로 표현한 것이라고 본다. '찢어진 벽지'는 세속 현실과 乖離괴리되어 同化동화되지 못하는 이상 자신의 삶이며, 그는 '날개가 축 처어진 채 죽어가는 나비'가 되어 찢어진 벽지를 통해 죽음의 세계와 교감하며 비밀하게 자신의 죽음을 준비하고 있었던 것이다.

詩第十號시제십호 나비

찢어진壁紙벽지에죽어가는나비를본다. 그것은幽界
유계에絡繹낙역되는秘密비밀한通話口통화구다. 어느날거

---

28  김향안,『월하의 마음』, 환기재단, 2016, 390면.
29  囚神的수신적 : 정신마저 '보이지 않는 감옥'에 갇힌 상태.

울가운데의鬚髥수염에죽어가는나비를본다. 날개축처
어진나비는입김에어리는가난한이슬을먹는다. 通話
口통화구를손바닥으로꼭막으면서내가죽으면앉았다일
어서드키나비도날아가리라. 이런말이決결코밖으로새
어나가지는않게한다.

　1976년 8월 23일 전방 포병부대에서 복무 중이던 필자
는 '8·18 도끼만행사건'[30]으로 인한 開戰개전 직전의 實戰실
전 대기상황에서 나 자신과 동료 병사들을 보며 아래와 같
은 글을 쓴 적이 있는데, 이 글을 쓰면서 문득, 李箱이상은
烏瞰圖오감도에서 "무서운 兒孩아해와 무서워하는 兒孩아해"
들을 내려다보는 까마귀가 되었던 것은 아닐까 하는 생각
을 하였다.

　　"신께서는 이처럼 우주의 時空시공이 만나는 인생
　　이라는 찰나의 무대 위에서 제가끔의 모습으로 분장

---

**30**　1976. 8. 18. 판문점 도끼 만행 사건으로 미군의 아더 보니파스 대
위와 마크.T.바레트 중위가 북한군의 도끼에 살해되었다. 이때 전
방의 포병 부대에 있던 필자는 전장 속 우리 자신의 모습을 관조하
며 총을 든 현재의 모습과 내가 나이기 前의 모습을 들여다보았었
다. 그것은 무척 낯설지만 인간 삶의 본질을 보고자 했던 의미 깊
은 思惟사유이기도 했다. '物' 以前의 나는 존재했던 것인가.

한 채 저마다의 사연에 웃고 우는 광대 같은 우리 모습을 즐기고 계신지도 모를 일이다. 지금 잠시 의식의 먼 테두리를 벗어나 無限思惟무한사유의 문턱에 걸터앉은 흉내를 내며 짐짓 자신의 현실을 觀照관조해 보고 있는 내 思念사념의 세계도 완전한 질서의 전체 모습 안에서 그것은 한낱 토끼와 거북이의 경주를 그저 무덤덤한 局外者국외자로서 바라보고 있는 까마귀의 모습처럼 보여질지도 모를 일이다."[31]

"第一제일의 兒孩아해가무섭다고그리오,第二제이의 兒孩아해도무섭다고그리오……十三人십삼인의 兒孩아해는 무서운아해와무서워하는아해와그러케뿐이모혓소."

烏瞰圖오감도에서 '무섭다고 그리는 兒孩아해'는, "자신의 힘이 세서 남을 무섭게 한다."는 것인지, "자신의 힘이 없어서 힘이 센 남을 무서워 한다."는 뜻인지 전혀 구분이 되지 않는다. '남을 무섭게 하는 兒孩아해'는 '第一제일의 兒孩아해'인가, '第二제이의 兒孩아해'인가, 아니면 '제 몇 번째의 아해'인가. '무서워하는 兒孩아해'는 또 '第三제삼의 兒孩아해'

31 「빗속 斷想단상 Ⅰ」(박광민 창작시집 『思惟사유의 뜨락에서』 2013.05.13. 도서출판 亦樂역락) pp.38~39.

인가, '第四제사의 兒孩아해'인가, '第十三제십삼의 兒孩아해'인가. 烏瞰圖오감도에서 李箱이상이 말하고 싶은 것은 높은 곳에서 바라보는 까마귀에게는 "무서운 兒孩아해"든 "무서워하는 兒孩아해"든 무슨 차이나 의미가 있느냐는 메시지였다고 생각한다.

疾走질주하는 兒孩아해들은 終局종국에는 달리는 목적마저 잊은 채 남보다 앞서는 데만 몰두한다. 거기에는 '무서운 兒孩아해'도, '무서워하는 兒孩아해'도 없다. '무섭다고 그리는 兒孩아해'들을 바라보는 까마귀 또한 그 兒孩아해들과 다를 바가 없다.

'남을 무섭게 하는 兒孩아해'든 '남을 무서워하는 兒孩아해든', '앞서든' '뒤처지든' 우리 삶은 결국 저마다의 역할을 맡은 광대로 분장한 채 외줄기 인생길을 달려가지만 한 발자국도 앞으로 나아가지 못한 채 제자리 뛰기를 하고 있을 뿐이다. 그래도 모두의 종착지는 결국 죽음이며, 지옥인데 우리는 왜 그렇게 기를 쓰고 달리기만 하는 건가.

> "十三人십삼인의 兒孩아해가 道路도로로 疾走질주하지
> 아니하야도좃소."

十三人십삼인의 兒孩아해가 道路도로를 疾走질주하든 질주

하지 않든, 막다른골목이든 뚫닌골목이든 李箱이상이 '道路
도로'라고 命名명명한 時間시간은 자동으로 질주한다. '烏瞰오
감' 아래서 기를 쓰고 달려가는 群像군상을 보며, 李箱이상은
까마귀가 되어 혼자 낄낄거리며 웃었을 것이고, 지금 다시
자신의 장난에 걸려들어 되도 않을 분석이란 것을 하고 있
는 필자를 포함한 群像군상을 보며 李箱이상은 또 한 번 배
꼽을 잡은 채 웃고 있을 것이다.

아 李箱이상, 찢어진 벽지 사이로 날아가 버린 蒼白창백한
나비야!

# 참고문헌

## 자료

『2010 李箱의 房』, 寧仁文學官, 2010.

具光謨, 「구본웅 이상 나혜석의 우정과 예술」, 『新東亞』, 2002.11.

具橘謨, 「나의 아버지 구본웅 그리고 이상」, 『대산문화』(웹진).

具桓謨, 「나의 아버지 具本雄」, 『世代』 통권 131호, 1974.6.

金星出版社 편집부, 『韓國近代繪畵選集-具本雄/李仁星』, 金
　　　　星出版社, 1990.1.5.

김옥희, 「오빠 李箱」, 『신동아(新東亞)』, 1964.12.

김유중·김주현 편, 『그리운 그 이름, 이상』, 지식산업사, 2004.

金鄕岸 재단법인 환기재단, 『월하(月下)의 마음』, 2016(3쇄).

李箱, 「누이동생 김옥희에게」, 『사랑을 쓰다 그리다 그리워하다』,
　　　　루이앤휴잇, 2016.

李箱, 『초판본 李箱選集』(白楊堂 오리지널 디자인, 1949.3.21.), 42
　　　　MEDIA CONTENTS, 2016.3.31.

林鍾國, 『李箱全集』, 文成社, 1966.12.10.

文鍾爀, 「심심산천(深深山川)에 묻어주오」, 『女苑』 1969.4.

朴光敏, 「구본웅(具本雄)과 이상(李箱), 그리고 목이 긴 여인초상」,
　　　　『이상리뷰』 제12호.

朴光敏, 「구본웅(具本雄)과 이상(李箱), 그리고 목이 긴 여인초상
　　　　그 이후」, 『이상리뷰』 제12호.

張遇聖, 『畵壇풍상 七十年』, 미술문화, 2003.10.10.

정철훈, 『오빠 이상, 누이 옥희』, 푸른역사, 2018.1.29.

趙容萬, 『울밑에 핀 봉선화야』, 범양사출판부, 1985.

**인터뷰**

具相謨·具橪謨 인터뷰, 강남구 삼성동 현대백화점 10층 수하동
　　　식당, 2017.2.9.
具橪謨 인터뷰, 2021.1.22(17:37).

## 박광민

四二八五年 陰曆 3月7日(1952.4.1.) | 京畿道 廣州 出生 | 私塾에서 漢文 修學 |
東國大學校 行政大學院 修了 | 月刊 印刷文化 企劃室長 歷任 | 韓國語文敎育硏
究會 理事, 同 常任硏究委員(1996.8.1~2012.4.1) | 現 韓國語文敎育硏究會 理
事, 同 非常任 硏究委員 | 現 (社) 韓國語文會 語文生活 編輯委員

第26回 韓國雜誌言論賞 受賞(1992년) | 廣州市 文化賞 학술부문 受賞(2015년) |
MBC라디오 '古典의 香氣' 固定 출연(1997년)

**저서**
침묵의 書(1985년 靑談文學社) | 천자문에서 삶의 길을 찾다(2006년 넥서스 아카데
미, 초판 1995년) | 字源故事成語三百選(1999년 臥牛) | 창작시집 思惟의 뜨락에서
(2013년 亦樂) | 吳越春秋 譯註(국내최초 완역, 2004년 景人文化社) | 漢字敎育 및 國
學 관련 論說, 論文 多數

박광민 제2창작시집

# 白頭山紀行 백두산기행

**초판** 1쇄 인쇄 2021년 4월 5일
**초판** 1쇄 발행 2021년 4월 15일

**지은이** 박광민
**펴낸이** 이대현
**편집** 이태곤 권분옥 문선희 임애정 강윤경
**디자인** 안혜진 최선주 이경진 | **기획마케팅** 박태훈 안현진
**펴낸곳** 도서출판 역락 | **등록** 1999년 4월 19일 제303-2002-000014호
**주소** 서울시 서초구 동광로46길 6-6(반포4동 577-25) 문창빌딩 2층(우06589)
**전화** 02-3409-2060(편집부), 2058(영업부) | **팩시밀리** 02-3409-2059
**이메일** youkrack@hanmail.net
**역락홈페이지** www.youkrackbooks.com

ISBN 979-11-6244-713-0 03810

* 책값은 뒤표지에 있습니다.
* 잘못된 책은 바꿔 드립니다.